파우스트

러시아 고전산책 05

파우스트

초판 1쇄 2012년 8월 21일
개정판 1쇄 2019년 10월 22일

지은이 이반 투르게네프 | **옮긴이** 김영란
펴낸이 박진숙 | **펴낸곳** 작가정신
편집 황민지 김미래 | **디자인** 용석재
마케팅 김미숙 | **홍보** 정지수 | **디지털콘텐츠** 김영란 | **재무** 윤미경
인쇄 및 제본 한영문화사

주소 (10881) 경기도 파주시 문발로 314
대표전화 031-955-6230 | **팩스** 031-944-2858
이메일 editor@jakka.co.kr | **블로그** blog.naver.com/jakkapub
페이스북 facebook.com/jakkajungsin | **인스타그램** instagram.com/jakkajungsin
출판 등록 제406-2012-000021호

ISBN 979-11-6026-149-3 03890

이 도서의 국립중앙도서관 출판시도서목록(CIP)은 서지정보유통지원시스템 홈페이지(http://seoji.nl.go.kr)와 국가자료공동목록시스템(http://www.nl.go.kr/kolisnet)에서 이용하실 수 있습니다.
(CIP제어번호 : CIP2019038259)

파우스트

이반 투르게네프 지음 | 김영란 옮김

Фауст

Иван С. Тургенев

작가
정신

일러두기

1. 이 책은 И.С.Тургенев. Собрание сочинений в двенадцати томах (Москва, 1954) 중 제6권의 「파우스트Фауст」, 제5권의 「세 번의 만남Три встречи」, 제7권의 「이상한 이야기Странная история」를 온전히 옮긴 것이다.

2. 저자가 사용한 외래어(독일어, 이탈리아어, 프랑스어)는 저자의 의도를 살리고자 소리나는 대로 적어 그대로 두되, 각주로 의미를 설명했다. 또 원문에 충실하고자 저자가 강조한 부분을 다른 서체로 표기해 삽입했다.

3. 저자 주를 제외하고 각주는 모두 옮긴이 주이다.

차례

세 번의 만남

이 언덕을 지나 나에게 오라 흥겹게
사람들이 너무 많다 두려워 마라
홀로 오라 오는 내내 나를 생각하라
당신의 인생길 함께할 이 오직 나란 것을

1

그해 여름 나는 우리 마을에서 이십 베르스타[1] 떨어진 글린노예 마을로 사냥을 하러 가곤 했다. 우리 현 전체를 통틀어 가장 으뜸인 조류 서식지 몇 군데가 그 마을 근처에 있었기 때문이다. 주변의 모든 관목 숲과 들판을 돌아다니다 해질 무렵이면 근처 늪지에 들렀다. 그런 다음 늘 머물곤 하는 어느 친절한 마을 원로 집으로 발길을 돌렸다. 늪지에서 글린노예까지는 이 베르스타가 채 안 되었다. 해수면보다도 낮은 땅에 난 길이었는데, 중간쯤에서 작은 언덕을 넘어야 했다.

[1] 1베르스타는 약 1,067킬로미터.

언덕 꼭대기에는 정원이 딸린 저택이 한 채 있었다. 그 저택을 지날 때에는 붉게 타오르는 저녁노을이 찬란하게 빛났다. 그럴 때면 창문까지 굳게 닫힌 그 집은 마치 햇볕을 쬐러 마실 나온 눈 먼 노인 같았다.

노인이 길가에 앉아 있었다. 반짝이던 햇살이 안개로 바뀐 지 오래였다. 하지만 노인이 고개를 앞으로 내밀면 따스해진 두 뺨에는 여전히 온기가 느껴졌다. 저택에는 오래전부터 사람이 살지 않는 것 같았다. 하지만 마당에 있는 형편없이 작은 별채에는 한때 노예였던 한 노인이 살고 있었다. 본래 키는 큰 것 같지만 허리가 꼬부라진 백발 노인은 늘 진지하고 덤덤한 표정이었다. 그는 별채에 유일하게 난 작은 창문 앞에 의자를 두고 앉아 음울한 눈빛으로 먼 곳을 하염없이 바라보았다. 그러다 나를 보면 느릿느릿 몸을 일으켜 인사를 했다. 아버지 세대도 아닌 할아버지 세대에서나 볼 법한 농노다운 태도로 말이다. 노인과 대화를 나누어보기도 했지만, 그는 과묵한 사람이었다. 결국 알아낸 거라고는, 집주인이 노인이 섬기는 옛 주인의 손녀딸인 과부라는 것, 과부에게는 여동생이 한 명 있고, 두 사람 모두 다른 도시나 해외에서 지내고, 집에는 거의 오지 않는다는 것 정도였다. 아울러 노인 당신은 어서 죽고 싶다고 말했다.

"빵을 씹다 보면 문득 울적해져요. 빵을 씹은 지 너무 오래되었어요."

노인의 이름은 루키야느이치였다.

어느 날 나는 여느 때보다 긴 시간을 들판에서 보냈다. 수많은 들새가 날아다녔고 또 사냥하기에 더없이 좋은 날씨였다. 아침부터 온종일 저녁나절처럼 고요하고 흐린 날씨였다. 나는 멀리까지 사냥을 하러 나갔다. 그래서 익숙한 그 저택을 지날 무렵 어느덧 주위는 짙은 어둠에 싸인 채 하늘에는 달이 휘영청 떠 있었다. 한마디로 밤은 이미 오래전부터 하늘에 **있었다**. 나는 정원을 따라 걸었다······사방은 조용하다 못해 적막했다······.

큰길을 건너 먼지 쌓인 쐐기풀 사이를 지나 낮은 생나무 울타리에 등을 기댔다. 달빛에 함빡 젖은 작은 정원은 흡사 위안이라도 받은 듯 온통 향기를 내뿜고 있었다. 정원은 옛날식으로 꾸며진 길쭉한 형태였다. 정원 한가운데에는 탐스러운 국화꽃밭이 있었고 주변에는 여러 산책로가 나 있었다. 키 큰 보리나무들이 꽃밭 주위를 가득 에워 빈틈없는 담장을 만들었는데, 딱 한 군데만 이 사젠[2] 정도 벌어져 있었다. 그 틈새로 나지막한 저택의 모습이 보였으며 놀랍게도 창문 두 개에서 빛이 새어 나오고 있는 것이었다. 정원에는 어린 사과나무 몇 그루가 하늘을 향해 곧게 뻗어 있었는데, 그 여린 나뭇가지 사이로 푸르스름한 밤하늘과 잠에 취한 달빛이

---

2   1사젠은 2,134미터.

눈에 들어왔다. 사과나무는 달빛에 하얗게 빛나는 풀밭 위로 희미한 그림자를 드리우고 있었다. 정원 한편에는 보리수들이 창백한 달빛을 가득 받아 초록빛으로 변해 있었다. 하지만 다른 편 보리수들은 온통 어둡고 불투명했다. 가끔씩 울창한 나뭇잎들이 사르륵사르륵 묘한 소리를 냈다. 보리수들은 마치 소멸해가는 산책로로 나를 부르는 듯했고 어슴푸레한 그림자 속으로 나를 유혹하는 듯했다. 하늘에는 별이 총총히 빛나고 있었다. 푸른색으로 부드럽게 반짝이는 별빛이 높은 곳에서부터 은밀하게 흘러내리고 있었다. 별들은 마치 고요한 시선으로 주의 깊게 이 머나먼 지구를 내려다보는 것 같았다. 가끔 작고 얇은 구름이 달 위를 지나가 순간적으로 그 평온한 빛을 가렸고 둔탁하면서도 밝은 안개를 만들어냈다……온 세상이 깊은 잠에 빠진 듯했다. 온통 따스하고 향기로운 밤공기는 미동조차 없었다. 밤공기는 마치 나뭇가지가 떨어지면 화를 내는 물결처럼 그저 가끔씩 떨릴 뿐이었다……밤공기에서는 어떤 강한 열망이, 어떤 지극한 기쁨이 느껴졌다……나는 몸을 숙여 생나무 울타리 안쪽으로 들어갔다. 시드는 풀밭에서 붉은 개양귀비 하나가 곧은 줄기를 내밀고 있었다. 활짝 핀 꽃잎에는 커다란 밤이슬 한 방울이 송알송알 맺혀 있었다. 주위 모든 것이 나른하게 졸고 있었다. 마치 몸을 곧추세운 채 꼼짝 않고 뭔가를 기다리며 올려다보고 있는 것 같았다……잠 못 이루는 따스한 밤이 기다리는 것은 과연 무엇일까?

밤은 소리를 기다리고 있었다. 살아 있는 소리를 이 예민한 정적은 기다리고 있었던 것이다. 하지만 주위는 고요하기만 했다. 꾀꼬리들의 노랫소리도 멈춘 지 이미 오래였다……근처를 날아가는 딱정벌레가 갑작스레 내는 소리, 보리수나무 정원 끝 쪽 웅덩이에서 작은 물고기가 뻐끔거리는 소리, 화들짝 놀란 어린 새의 잠에 취한 노랫소리, 아득히 먼 벌판에서 들어와 사람의 소리인지 짐승인지 새의 울음소리인지조차 구별되지 않는 소리, 길을 따라 달려가는 짧고 다급한 말발굽 소리, 이런 희미한 소리, 바스락거리는 소리는 오히려 적막감을 더해줄 뿐이었다……지난날의 행복했던 기억도 아니고, 기대감도 아닌, 뭔가 설명할 수 없는 감정이 내 마음을 옥죄어왔다. 꼼짝도 못한 채 나는 달빛과 이슬 가득한 정원 앞에 그렇게 서 있었다. 그리고 왜 그랬는지 모르지만 부드러운 절반의 그림자 속에서 어슴푸레 빛나는 창문 두 개를 집요하게 바라보았다. 순간 갑자기 저택 안에서 피아노 소리가 들렸다. 곧이어 피아노 소리는 파도가 되어 퍼져 나갔다……자극적이고 날카로운 공기는 메아리가 되어 온 세상을 진동시켰다……나는 돌연 이상한 전율을 느꼈다.

피아노 소리에 뒤이어 여자 목소리가 들려왔다……나는 바싹 신경을 곤두세운 채 귀를 기울이기 시작했다. 그리고……맙소사,

이 놀라움을 어떻게 말로 표현할 수 있을까? 이 년 전 이탈리아의 소렌토에서 들었던 바로 그 노래, 바로 그 목소리였던 것이다……그래그래…….

　　　　　홀로 오라, 오는 내내 나를 생각하라.

바로 그 노래였다. 틀림없었다. 바로 그 목소리였다……그때 이런 일이 벌어졌었다. 그날 나는 숙소로 돌아가던 길이었다. 한참 동안 해변을 산책하다 밤이 깊었기 때문이었다. 어두워진 지 한참 되었다. 고요하고 서글픈, 생각에 잠기게 하는 그런 밤은 아니었다. 남쪽의 밤은 밝고 화려하고 아름다웠다. 마치 한창 나이의 행복한 여인처럼 말이다. 달빛이 유난히 밝았다. 밝고 큰 별들은 검푸른 하늘 가득 깜박거렸다. 유난히 환한 밤하늘 때문에 검은 그림자들이 길게 두드러졌다. 길 양쪽으로는 정원의 돌담이 이어져 있었다. 담장 너머 오렌지나무들의 구부러진 나뭇가지들이 뻗어 있었고 둥글고 무거운 황금빛 과일들이 수줍은 듯 살짝 얼굴을 내보이기도 했고 온몸에 달빛을 받으며 화려한 자태를 드러내기도 했다. 무수히 많은 나무는 눈처럼 하얀 꽃으로 뒤덮여 있었다. 주변 공기는 모두 말로 표현할 수 없을 정도로 달콤하지만 강하고 날카로운 향기를 아련하게 뿜어내고 있었다.

사실 나는 그런 매혹적인 풍경에 이미 익숙해져 있었고 빨리 호텔로 돌아가야겠다는 생각뿐이었기 때문에 그저 걸음을 재촉하고 있었다. 그런데 문득 내가 걷고 있던 돌담 바로 위의 어느 작은 건물에서 여자 목소리가 들려왔다. 여자가 부르는 노래는 처음 듣는 노래였다. 무언가 호소하는 듯 기쁘고도 고통스러운 기다림에 사무친 그 소리에 나도 모르게 걸음을 멈추고 고개를 들었다. 건물에는 창문이 두 개 있었는데 블라인드가 모두 내려진 상태였고 그 좁은 틈새로 둔탁한 한줄기 빛이 약하게 새어 나왔다. 비에니, 비에니(Vieni,Vieni) 이 구절을 두 번 반복한 뒤 목소리는 뚝 그쳤다. 기타 같은 악기를 양탄자 위에 떨어뜨린 듯 현이 떨리는 가벼운 소리가 들려왔고 옷자락이 사각사각 소리를 냈으며 마룻바닥이 가볍게 삐걱거렸다. 창문 한쪽에서 빛줄기가 사라졌다……누군가 방 안쪽에서 걸어 나와 창가에 기대섰다. 나는 두어 걸음 뒤로 물러섰다.

문득 덜컹 하는 소리와 함께 커튼을 활짝 걷어 올려졌다. 하얀 옷을 입은 날씬한 여인이 재빨리 창문 밖으로 매력적인 얼굴을 쑥 내밀더니 내 쪽을 향해 손을 뻗으며, "세이 뚜(Sei Tu)?"[3] 하고 물었다. 나는 당황해서 무슨 말을 해야 할지 알 수 없었다. 하지만 그 순간 여인은 가벼운 비명을 지르며 뒤로 물러났고, 곧이어 커

---

3   이탈리아어로 '당신이야?'.

튼이 내려졌다. 건물 안은 이전보다 한층 더 어두워졌다. 아마도 전등을 다른 방으로 가져간 것 같았다. 나는 움직이지도 못한 채 한동안 멍하니 서 있었다. 내 눈앞에 나타났다 순식간에 사라진 여인의 얼굴이 말로 표현할 수 없을 정도로 아름다웠기 때문이었다. 너무나 짧은 순간이었기에 자세히 볼 수는 없었다. 하지만 전체적인 인상이 너무도 강렬하고 너무도 심오했다……그 순간 이미 나는 이 얼굴을 영원히 잊지 못하리라는 것을 예감할 수 있었다. 달빛은 정면으로 건물의 창문을 비추었고, 달빛 아래 드러난 여인의 크고 검은 눈동자는 오, 하느님! 정말이지 눈부시게 아름다웠다. 풍성하게 내려앉은, 반쯤 풀어헤친 새까만 머리카락이 살짝 치켜 올라간 동그란 어깨를 덮고 있는 그 모습이란! 여인의 부드러운 몸매는 수줍은 행복으로 가득 넘쳤고, 나를 부르는 그녀의 목소리, 낭랑한 속삭임에는 무한한 애정이 넘쳐흘렀다.

하염없이 그 자리에 서 있던 나는 마침내 약간 몸을 옆으로 움직여 반대편 담장 아래 그림자 속으로 숨어들었고 뭔가 한심한 의혹과 기대에 찬 눈으로 건물을 바라보기 시작했다. 나는 귀를 기울였다……어두운 창문 너머 누군가 조용히 숨 쉬는 것 같았고, 무엇인가 사각거리는 소리와 조용한 웃음소리가 들리는 것 같았다. 드디어 저 멀리서 발자국 소리가 들려왔다……소리는 차츰차츰 가까워졌다. 나 정도의 키를 가진 한 남자가 길 끝에서 모습을 드러내는가 싶더니 건물에 붙은 쪽문 앞까지 성큼성큼 걸어왔다. 아까는 미처 보지 못한 쪽문이었다. 남자는 주위를 신경도 쓰지 않은 채 문을 두 번 정도 두드렸다. 잠시 후 다시 한 번 문을 두드리고 노래를 흥얼거리기 시작했다.

"에코 리덴테(Ecco ridente)……."[4]

쪽문이 열렸고……남자는 소리 없이 안으로 사라졌다. 나는 번쩍 정신이 들었다. 머리를 한 번 세차게 흔들고 나서 손을 들어 모자를 눈썹까지 꾹 눌러쓴 다음 뭔가 개운치 못한 기분으로 숙소로 향했다. 다음 날 나는 정말 쓸데없이 다시 그 건물을 찾았고 한창 무더울 때 두 시간 정도 근처를 서성거렸다. 그날 저녁 나는 그 유명한 타소프 가家조차 구경하지 못한 채 소렌토를 떠났다.

이제 독자 여러분은 내가 왜 그렇게 놀랐는지 이해했으리라. 이탈리아의 소렌토에서 들었던 바로 그 목소리, 그 노래를 러시아의 초원지대에서, 그것도 외진 지역 중 하나인 이곳에서 듣게 되었으니 말이다……그때처럼 지금도 밤중이었다. 그때처럼 지금도 목소리는 환하게 불 켜진 작은 방에서 갑작스럽게 들려왔다. 그때처럼 지금도 나는 혼자였다. 심장이 방망이질하듯 뛰기 시작했다. 꿈인가 싶었다. 순간 다시 한 번 비에니(Vieni), 하는 소리가 들렸다……이번에도 창문이 열릴까? 이번에도 여인이 모습을 드러

---

4   이탈리아어로 '바로 여기 행복한 이가……'.

낼까? 창문이 활짝 열렸다. 창가에 여인이 나타났다. 나는 그녀를 금방 알아보았다. 소렌토에서 보았던 내 미지의 여인이었다. 오십 발자국 정도 떨어진 거리였고, 그때 가벼운 구름이 달을 가리긴 했어도 나는 한눈에 알아보았다. 하지만 여인은 이번에는 그때처럼 하얀 두 팔을 앞으로 내밀지 않았다. 그저 말없이 팔짱을 끼더니 창가에 기댄 채 정원을 묵묵히 응시할 뿐이었다. 그래, 바로 그녀였다. 단 한 번도 잊은 적이 없는 바로 그 모습, 어디에서도 본 적이 없는 바로 그 눈동자였다. 넉넉한 하얀색 드레스는 여전히 여인의 육체를 감싸주고 있었다. 여인은 소렌토에 있을 때보다 약간 통통해진 듯했다. 사랑이 안겨다주는 확신과 여유, 행복이 가져다주는 아름다움이 온몸에서 드러났다. 여인은 한참 동안 미동도 없이 서 있다가 방 안 뒤쪽을 쳐다보더니 갑자기 몸을 쭉 폈다. 그러고는 낭랑한 목소리로 "아듀(Addio)!"[5] 하고 크게 세 번 외쳤다, 아름다운 그 소리는 멀리멀리 퍼져 나가 오래도록 진동하더니 저원의 보리수나무들 위쪽과 내 등 뒤 평원에 이르러서야 차차 잦아들었다. 내 주위 모든 것은 잠시 동안 여인의 목소리로 가득 찼고, 또 모든 것은 여인에게 화답이라도 하는 듯 울려댔다. 여인이 창문을 닫고 들어가자 집 안의 불도 조금 뒤에 꺼졌다.

정신을 차리자마자(아마 시간이 꽤 흐른 듯했다) 나는 즉시 정원

---

5   이탈리아어로 '안녕!'.

을 따라 저택 쪽으로 걸어갔다. 굳게 닫힌 대문 앞까지 온 나는 담장 너머로 집 안을 바라보았다. 저택 안마당에 별 특이한 것은 없었다. 차양 아래 한쪽 구석에 마차가 있었다. 마른 먼지를 뒤집어쓴 마차 앞부분은 달빛 아래에서 유난히 하얗게 보였다. 으레 그렇듯이 집 안 덧창은 모두 닫혀 있었다. 깜박 잊고 말하지 않았는데, 그때 나는 거의 일주일 만에 글린노예 마을로 사냥을 간 참이었다. 삼십여 분 넘게 나는 당혹감을 느끼며 담장 근처를 서성이고 있었다. 마침내 늙은 개가 나를 주시하였지만 짖지는 않았다. 다만 잘 안 보이는 듯 눈을 가늘게 뜬 채 어리둥절한 시선으로 바라볼 뿐이었다. 나는 개의 암시를 눈치채고 그 자리를 떠났다. 하지만 일 베르스타의 절반도 채 가지 못했을 때 말발굽 소리가 들려왔다……얼마 후 검은 말을 탄 남자가 빠른 걸음으로 내 곁을 지나갔다. 그는 잠시 내 쪽으로 고개를 돌렸지만 나는 푹 눌러쓴 모자 아래 드러난 매부리코와 멋진 콧수염 외에는 아무것도 볼 수 없었다. 그는 오른쪽 길에서 나와 순식간에 숲으로 사라졌다. '바로 그 남자야.' 나는 속으로 생각했다. 그러자 이상하게 심장이 두근거렸다. 내가 그 남자를 알아본 것이다. 이탈리아 소렌토에서 쪽문을 열고 안으로 들어갔던 바로 그 남자였다.

그로부터 삼십여 분 뒤, 나는 글린노예 마을의 늘 묵던 집에 도착했다. 주인을 흔들어 깨워 이웃 저택의 손님에 대해 질문을 퍼

붓기 시작했다. 그는 여전히 잠에서 덜 깬 상태로, 그 집의 여자 지주들이 왔다고 중얼거렸다.

"그러니깐 어떤 지주들이지?"

나는 주인을 다그쳤다.

"어떤 지주들이긴요. 귀족 부인들이지요."

주인은 귀찮은 듯 대꾸했다.

"그러니깐 어떤 귀부인들이냐고?"

"뭐, 보통 보는 귀부인들이지요."

"러시아인들인가?"

"그럼 어느 나라 사람들이겠어요? 당연히 러시아인들이죠."

"외국인이 아니고?"

"외국인이요?"

"여기 온 지 한참 됐나?"

"듣기로는 얼마 안 되었다죠, 아마."

"여기 오래 머문다던가?"

"그런 말은 못 들었는데요."

"부자들인가?"

"그거야 저희들이 알 수 없지만 아마 부자겠지요."

"어떤 남자와 함께 오지 않았던가?"

"남자요?"

"그래, 남자."

노인은 한숨을 내쉬었다.

"아-함!"

노인은 하품을 하며 말했다.

"아뇨······남자라······아니요······남자는 없었던 것 같은데······ 글쎄요, 그런 소린 못 들었어요!"

갑자기 노인이 한마디를 덧붙였다.

"그럼 근처에 사는 다른 이웃들이 또 있나?"

"어떤 이웃들이요? 뭐 이런저런 사람들이 살지요."

"이런저런 사람들이라니? 이름들이 어떻게 되지?"

"누구 말입니까? 여자 지주들이요, 아니면 이웃들이요?"

"그 지주들 말일세."

노인은 다시 한숨을 푹 내쉬었다.

"이름이 뭐냐고요? 글쎄, 이름이 뭔지 누가 알겠어요! 가만 있 자, 나이 많은 쪽이 안나 표도로브나라는 것 같고 다른 쪽은요······ 글쎄, 모르겠는데요."

"그럼 하다못해 성이라도 알 수 없나?"

"성이요?"

"그래, 성 말이야."

"성이라······모르는데요."

"그럼 젊은가?"

"아니요. 그건 아니에요."

또 다른 꿈에서 나는 좁은 산길을 걷는다……나는 서두르고 있다. 어딘가로 빨리 기다리고 있다. 한 번도 경험해본 적 없는 행복이 나를 기다리고 있다. 그런데 갑자기 눈앞에 거대한 바위가 나타난다. 통로를 찾는다. 오른쪽으로 가보고 왼쪽으로 가보지만 세상에나, 도무지 통로를 찾을 수가 없다! 그런데 바위 뒤에서 갑자기 목소리가 들린다.

"파사 파사 크 콜리(Passa, Passa quei colli)……."[6]

이 목소리가 나를 부른다. 구슬프게 날 부르는 목소리는 계속 반복된다. 나는 견딜 수 없는 괴로움에 몸부림치며 하다못해 아주 작은 틈이라도 있지 않을까 이곳저곳을 살펴본다……하지만 주변에는 온통 수직의 돌덩이, 화강암뿐……파사 파사 크 콜리(Passa, Passa quei colli), 라는 소리가 애처롭게 반복된다. 가슴이 갈기갈기 찢어지듯 아프다. 나는 매끈한 바위에 가슴을 대고 손톱으로 미친 듯이 바위를 긁어댄다……문득 어두운 통로가 내 앞에 열린다……기쁨에 넘친 나는 앞으로 내달린다…….

"멈춰!"

누군가 소리친다.

---

6 프랑스어로 '즐거이 내게 오라'.

"여길 지나갈 수 없어……."

루키야느이치가 내 앞에 버티고 서서 위협하며 앙팔을 흔든다……나는 서둘러 주머니 안을 뒤진다. 노인을 매수할 심산이다. 하지만 주머니 속에는 아무것도 없다…….

"루키야느이치."

그에게 말한다.

"루키야느이치, 날 좀 보내줘. 나중에 반드시 신세를 갚을게."

"이봐요. 뭔가 착각하고 계시는군."

루키야느이치는 대답하며 이상야릇한 표정을 짓는다.

"나는 집안의 하인이 아니야. 난 그 유명한 방랑 기사, 라만차의 기사 돈키호테라고. 평생 동안 나의 둘시네아(dulcinea)⁷를 찾아 헤맸지만 결국 찾을 수 없었지. 그런데 당신이 자기 연인을 찾아내다니, 그건 도저히 참을 수 없는 일이지."

파사 파사 크 콜리(Passa, Passa quei colli)……다시금 흐느끼는 소리가 들린다.

"이봐요, 어서 비키시오!"

격렬한 분노를 느낀 나는 당장이라도 앞으로 내달릴 기세이다……하지만 기사의 긴 창이 어느새 내 심장을 찌른다……나는 의식을 잃고 쓰러진다. 반듯이 누워 있다……몸을 움직일 수가 없

---

7   사랑스러운 여인, 이상적인 애인이라는 뜻.

다……문득 여인이 램프를 손에 든 채 들어오는 모습이 보인다. 여인은 램프를 머리 위로 높이 올려 주변의 어둠을 환하게 밝히고는 조심스레 내 쪽으로 다가와 몸을 굽힌다.

"아, 이 사람, 웃기는 남자!"

여인이 경멸하듯 웃으며 말한다.

"그러니까 바로 이 남자가 내 정체를 알아내려고 한다는 거지?"

뜨거운 램프 기름이 내 심장의 상처 바로 위로 떨어진다…… 나는 있는 힘을 다해 "프시케!"를 외친다. 그 순간 나는 잠에서 깼다…….

나는 밤새도록 잠을 설친 탓에 해가 뜰 무렵 잠자리에서 일어났다. 서둘러 옷을 입고 외출 준비를 마친 뒤 곧장 그 저택으로 향했다. 어찌나 서둘렀는지 대문 앞에 이르렀을 때 비로소 아침 해가 붉어지기 시작했다. 주위에서는 종달새들이 노래하고 까마귀가 자작나무 위에서 시끄럽게 울어댔다. 하지만 집 안은 여전히 깊은 잠에 빠져 있었다. 심지어 담장 너머의 개까지도 늘어지게 자고 있었다. 나는 분노에 가까운 기다림의 고통을 감내하면서 이 수수께끼의 여인을 감춰놓은 낮고 볼품없는 저택에서 눈을 떼지 않으며 이슬이 내린 풀밭을 서성거렸다……갑자기 쪽문이 삐거덕 소리를 내며 열렸다. 그리고 긴 줄무늬 상의를 입은 루키야느이치가 나타났다. 부스스한 머리와 수심 가득한 그의 얼굴은 여느 때보다

도 침울해 보였다. 나를 보고 깜짝 놀란 그는 다시 쪽문을 닫으려
했다.

"이봐, 이보게!"

나는 루키야느이치를 보고 외쳤다.

"아니, 이런 꼭두새벽부터 무슨 일이세요?"

루키야느이치가 공허한 목소리로 느릿느릿 물었다.

"이보게, 자네 그 주인 여자가 돌아왔다던데 맞나?"

루키야느이치는 말이 없었다.

"오셨지요……."

"혼자 오셨나?"

"동생분과 같이 오셨어요."

"저녁에 혹시 손님들이 오셨었나?"

"안 오셨는데요."

곧이어 그는 쪽문을 당겨서 닫으려고 했다.

"잠깐, 잠깐만, 여보게……부탁 하나만 들어주게나……."

루키야느이치는 기침을 콜록하더니 몸을 웅크렸다.

"도대체 무슨 일이신데요?"

"혹시 이 집 주인마님 나이가 어떻게 되나?"

루키야느이치가 경멸에 찬 눈초리로 나를 쳐다보았다.

"주인마님 나이요? 모릅니다. 마흔 좀 넘으셨을 겁니다."

"마흔이 넘었다고! 그럼 여동생은?"

"동생분은 마흔이 좀 안 된 걸로 알고 있습니다."

"그럴 리가! 그럼 혹시 미인이신가?"

"누구 말인가요? 동생분이요?"

"그래. 동생분."

루키야느이치가 히죽 웃었다.

"모르겠는데요, 사람마다 보는 눈이 다르니까요. 제가 보기에 미인은 아닌 것 같은데요."

"어떤데?"

"볼품없어요. 말라깽이예요."

"그렇군! 그런데 두 사람 말고 집에 누구 또 온 사람은 없나?"

"없는데요. 올 사람이 누가 있어요?"

"그렇군! 그런데 두 사람 말고 집에 누구 또 온 사람은 없나?"

"그럴 리가 없어! 내가……."

"이봐요, 나리! 나리와의 대화는 정말이지 끝이 없네요."

노인이 신경질을 냈다.

"추워 죽겠는데 정말! 이제 그만 들어가야겠습니다."

"잠깐, 잠깐만……자, 이것 받게나……."

그리고 나는 미리 준비했던 은화를 내밀었다. 하지만 내 손이 꽝 하고 닫힌 쪽문에 부딪쳤고 동전은 땅바닥에 떨어져 떼구루루

구르다가 내 발 앞에 멈췄다.

'흠, 늙어빠진 사기꾼 같으니.'

나는 생각했다.

'라만차의 기사 돈키호테! 아무 말 하지 말라는 명령이라도 받은 것 같은데⋯⋯하지만 두고 보라지. 절대로 날 속이지는 못할 테니!'

나는 무슨 일이 있어도 여인의 정체를 알아내겠다고 다짐했다. 약 삼십여 분 동안 무엇을 해야 할지 알지 못한 채 그렇게 서성거리고 있었다. 그러다가 나는 마을로 내려가, 이 저택에 누가 왔는지, 주인이 어떤 사람인지 사람들에게 물어보고 다시 돌아와서 모든 것이 분명해지기 전까지 절대 포기하지 않으리라 마음먹었다. 언젠가는 여인이 집 밖으로 나올 테고 그렇게 되면 나는 가까운 곳에서 환한 대낮에 유령이 아닌 살아 있는 여인의 모습을 볼 수 있을 것이다.

마을까지는 일 베르스타밖에 되지 않았다. 나는 즉시 출발했다. 발걸음이 가볍고 경쾌했다. 이상하게도 피가 끓고 기운이 넘치는 것 같았다. 지난밤 잠을 설쳤던지라 아침의 신선함이 신경을 몹시 자극했다. 마을에서 나는 마침 일터로 가던 농부 두 명을 만나 이야기를 들을 수 있었다. 미하일롭스코예라고 하는 그 마을은 수수께끼의 집주인이자 소령 부인인 과부 안나 표도로브나 쉴리코바야의 소유였다. 부인에게는 미혼인 여동생 펠라게야 표도로브나 바다예바가 있는데 둘 다 그리 젊지 않은 나이이고 부유하며 집에는 거의 머무르지 않고 몸종 두 명과 요리사만 데리고 늘 여행을 다닌다고 했다. 그런데 얼마 전 안나 표도로브나가 여동생과 함께 모스크바에서 돌아왔다는 것이다……이 마지막 상황 때문에 나는 무척이나 혼란스러웠다. 이 농부 또한 미지의 여인에 대해 입을 다물라는 명령을 받았다고는 생각할 수 없었기 때문이다. 쉴리코바야 부인이 마흔다섯 살 과부라면 어젯밤에 보았던 젊고 아름다운 여인일 리는 만무했다. 그건 있을 수 없는 일이었다. 동생 역시 사람들 말에 따르면 미인이 아니었다. 게다가 소렌토에서 보았던 그 여인의 이름과 성이 펠라게야나 바다예바라니. 나는 어깨를 으쓱해 보이고는 적의 가득한 웃음을 터뜨렸다. 하지만 어제 바로 그 집에서 나는 그녀를 보았다……보았어, 이 두 눈으로 똑똑히 그녀를 보았다고, 나는 생각했다. 혼란스럽기는 했지만 어떻게든 비밀을 꼭 밝혀내겠다는 의지가 한층 확고해진 나는 당장이라도 문제의 저택으로 달려가고 싶었다……하지만 시계를 보니 여섯 시도 안 된 이른 시간이었다. 나는 일단 기다리기로 했다. 집 안에서는 사람들이 여전히 잠에 빠져 있을 것이다……또 꼭두새벽부터 근처를 서성거리다가는 공연히 의심만 살 것이다. 게다가 내 눈앞에는 관목 숲이, 그 뒤로는 사시나무 숲이 펼쳐져 있지 않은가……내 머릿속에 생각이 가득 차 있음에도 불구하고 사냥에 대한 고상한 열정은 여전히 나를 지배하고 있다는 사실을 인정해야 할 듯싶었다.

'그래, 사냥감이나 찾아보자, 그럼 시간도 빨리 가겠지.'

나는 이렇게 생각한 뒤 관목 숲으로 들어섰다. 하지만 솔직히 말해서 사냥의 기본도 지키지 못한 채 건성으로 돌아다닐 뿐이었다. 사냥개의 움직임을 빈틈없이 쫓지도 않았고 도요새가 숨어 있을 법한 울창한 곳은 찾아보지도 않았다. 그저 걸핏하면 시계를 들여다보았다. 드디어 여덟 시쯤 되었다.

"됐어!"

나는 소리 내어 말하고는 저택을 향해 발길을 돌리려던 찰나였다. 거대한 도요새 한 마리가 내게서 불과 두 발자국 정도 떨어진 무성한 수풀 안에서 날개를 파닥거렸다. 나는 총을 쏘았고 새의 날개를 맞췄다. 새는 그대로 쓰러지는 듯싶더니 다시 몸을 추스르고 날개를 퍼덕이며 숲을 향해 날아가려고 했다. 제일 먼저 보이는 사시나무 위로 날아가나 싶었는데 기운이 빠졌는지 덤불 속으로 떨어졌다. 그런 사냥감을 방치하고 간다는 것은 말도 안 되는 일이었다. 나는 새를 찾아 서둘러 숲으로 들어간 다음 지안카를 향해 삑, 신호를 보냈다. 잠시 후 힘없는 신음소리와 푸드덕거리는 소리가 들려왔다. 불쌍한 새는 민첩한 사냥개 앞발에 붙잡혀 몸부림을 쳤다. 나는 새를 집어 자루에 넣고 주위를 둘러보았다. 그런데 그때 그 자리에 못 박힌 듯 얼어버렸다…….

　내가 들어간 숲에는 나무들이 빽빽하게 자라고 있었다. 새가 떨어진 곳까지 들어가는 데도 꽤나 힘이 들었다. 하지만 약간 떨어진 곳에는 마차가 다니는 길이 꼬불꼬불 나 있었다. 그런데 그 길을 따라 나의 아름다운 여인과 전날 밤 내 곁을 스쳐간 그 남자가 나란히 말을 타고 지나가고 있었다. 콧수염 때문에 나는 남자를 단번에 알아보았다. 두 사람은 아무 말 없이 서로 손을 잡은 채 조용히 가고 있었다. 그들이 탄 말들도 긴 목을 빼고 천천히 몸을 흔들며 걸어갔다. 나는 경악을 금치 못했다……그렇다. 경악의 순간이었다. 갑작스럽게 나를 사로잡은 감정은 경악이었고, 그 단어 외에는 달리 표현할 길이 없었다……그렇게 나는 여인에게 시선을 고정했다. 정말 그녀는 너무도 아름다웠다! 반짝이는 초록빛 자연 속에서 나를 향해 다가오는 여인의 모습은 말할 수 없을 만큼 매혹적이었다! 모자 아래 살짝 드러난 윤기 흐르는 검은 머리카락, 홍조를 띤 하얀 얼굴, 살짝 곡선을 그린 가는 목덜미, 긴 회색 옷을 따라 부드러운 햇살이 흘러내렸다. 하지만 여인의 몸을 감싸는 완벽하고 열정적인, 말할 수 없을 정도로 열정적인 행복을 과연 어떻게 표현할 수 있을까! 행복의 무게를 감당하지 못한 듯 여인은 고개를 약간 숙이고 있었다. 속눈썹으로 반쯤 가려진 까만 두 눈동자는 황금빛 불꽃이 타올랐다. 행복한 두 눈은 아무것도 보지 않으려는 듯 가느다란 눈썹 아래에서 다소곳하게 시선을 내리깔고 있었다. 아이에게서나 볼 법한 설명하기 어려운 미소, 더없이 즐거운 미소가 여인의 입가에 어렸다. 행복에 겨운 여인의 모습은 비정상처럼 보였다. 마치 꽃이 너무 활짝 피면 가끔 자기 가지를 부러뜨리는 것처럼 말이다. 여인의 두 손은 무기력해 보였다. 한 손은 남자의 손에 다른 손은 말갈기 위에 놓여 있었다. 나는 여인의 모습을 자세히 관찰할 수 있었고, 곧이어 남자의 모습도……남자는 건장하고 잘생긴 사람이었다. 러시아 사람은 아니었다. 남자는 당당하고 유쾌한 시선으로 여인을 바라보았다. 내가 보기에 남자의 시선은 자신감으로 가득 차 보였다. 악당 같은 저 남자는 여인의 모습을 감상하며 스스로 만족하고 있었다. 여인의 사랑에 대해 그리 애틋해하거나 감동한 표정은 아니었다……남자는 어떻게 저런 지극한 사랑을 받게 되었을까. 얼마나 아름다운 영혼이길래 다른 영혼에게 저런 행복을 선사할 수 있는 것일까……솔직히 남자에 대한 질투를 참을 수가 없었다……어느덧 그들은 내 옆을 지나가고 있었다……순간 지안카가 길로 달려가더니 컹컹, 짖기 시작했다……미지의 여인은 흠칫 놀라며 재빨리 주변을 살폈고 나를 발견하자 말을 향해 힘차게 채찍을 휘둘렀다. 말은 콧김을 한 번 내뿜고 뒷발로 일어서는 동시에 앞발을 내딛으며 뛰기 시작했다……남자도 자기 말에 박차를 가했다. 내가 길로 나갔을 때 그들은 이미 벌판 너머로 달려가고 있었다……저택으로 가는 방향이 아니었다…….

나는 그렇게 바라보고 있었다……두 사람의 모습은 이내 시야에서 사라졌다. 태양빛을 받은 그들의 검은 뒷모습이 지평선 너머로 모습을 감추었다. 나는 하염없이 서 있었다. 그렇게 멍하니 서 있다가 조용히 숲으로 돌아와 손으로 눈을 가린 채 앉아 있었다. 나는 눈을 감으면 낯선 만남의 상대가 머릿속에 생생히 떠올려진다는 사실을 알고 있다. 아마 많은 사람이 내 말에 공감할 것이다. 아는 사람의 얼굴은 오히려 떠올리기가 쉽지 않고 인상 역시 명확하지 않다. 애써 기억해내려고 하면 보이지 않는다. 특히 자기 얼굴은 절대 그런 식으로 떠올릴 수가 없다. 각각의 부분은 익히 알고 있지만 부분들이 한데 모여 얼굴을 이루지는 못하기 때문이다. 어쨌든 나는 앉아서 눈을 감았다. 순간 미지의 여인과 남자, 두 사람이 탄 말 등이 떠올랐다……특히나 남자가 미소짓는 얼굴이 선명했다. 나는 남자의 얼굴을 뚫어져라 쳐다보기 시작했는데…… 점차 모든 것이 뒤섞이는가 싶더니 어떤 불그스름한 안개 속에 녹기 시작했다. 뒤를 이어 여인의 모습 또한 저 멀리 사라지더니 다시는 돌아오지 않았다. 나는 '뭐, 어쩌겠어?'라고 생각하면서 몸을 조금 움직였다. 그러고는 '최소한 두 사람의 얼굴을 봤으니까, 똑똑히 봤으니까……'이젠 이름만 알아내면 되겠군.'이라고 생각했다.

이름만 알아내면 된다고! 이 무슨 쓸데없고 하찮은 호기심이란 말인가! 하지만 맹세하건대 내 마음속에서 불타는 것은 호기심이 아니었다. 이토록 이상하게, 이토록 끈질기게 나와 인연이 이어지는 그들이 어떤 사람들인지는 알아야 할 것 같았기 때문이다. 그건 그렇고 처음에 가졌던 초초한 의혹의 감정은 사라진 지 오래였다. 뭔가 아련한 감정이 그 자리를 대신했다. 왠지 부끄러웠다……나는 질투를 하고 있었던 것이다…….

천천히 저택을 향해 되돌아가기 시작했다. 남의 비밀을 애써 캐내려는 것 같아 사실 꺼림칙했다. 우연한 만남이 반복되는 한 쌍의 연인에 대한 궁금증은 낯선 장소에서 목격하면서 어느 정도 풀린 셈이지만 마음이 개운하기는커녕 더욱 혼란스러워졌다.

이 모든 일이 더 이상 초자연적이거나 놀랍게 느껴지지 않았다……실현될 수 없는 꿈처럼 보이지도 않았다…….

나는 조금 전보다 더 집중하면서 다시 사냥을 시작했다. 하지만 진정한 희열을 느낄 수는 없었다. 그렇게 사냥감을 쫓는 사이 한 시간 반 정도가 지났다……뇌조들은 내가 아무리 휘파람을 불어도 아무런 반응이 없었다. 아마도 내가 '객관적'으로 뇌조다운 소리를 내지 못했기 때문일 것이다. 내가 다시 발걸음을 옮기기 시작했을 때는 이미 태양이 하늘 높이 솟아 있었다(시간은 어느덧 열

두 시를 가리키고 있었다). 나는 발길을 서두르지 않았다. 드디어 저 멀리 언덕의 야트막한 집이 나타났다……다시 심장이 두근거렸다. 가까이 다가가자……다행스럽게도 루키야느이치가 보였다. 그는 항상 그렇듯이 별채 앞 의자에 꼼짝 않고 앉아 있었다. 대문은 잠겨 있었다……덧창도 마찬가지였다.

"어이! 잘 있었나! 햇빛 쐬러 나왔나?"

나는 저 멀리서부터 큰 소리로 외치며 다가갔다.

루키야느이치는 여윈 얼굴을 내 쪽으로 향하더니 말없이 모자를 약간 위로 들어올렸다.

나는 노인에게 다가갔다.

"잘 지냈나, 응? 오랜만이지?"

나는 어떻게든 잘 구슬려서 이야기를 들어볼 생각으로 인사말을 여러 번 건넸다. 불현듯 바닥에 떨어진 내 동전이 눈에 띄었다.

"자네 이 동전을 못 봤나?"

나는 키 작은 풀 사이로 반쯤 모습을 드러낸 은빛 동전을 가리켰다.

"아뇨, 봤습니다."

"그런데 왜 줍지 않았나?"

"제가 왜요? 제 돈이 아니잖습니까? 그래서 안 주웠지요."

"자네도 참!"

나는 우물쭈물하며 말했다. 나는 동전을 주워 그에게 다시 내밀며 어색하게 말을 이었다.

"받게나, 이걸로 따뜻한 차나 한잔 마시게."

"정말 감사합니다."

루키야느이치가 침착한 미소를 지으며 말했다.

"하지만 필요가 없는 걸요. 그 돈 없이도 살 수 있습니다. 어쨌든 감사합니다."

"난 이보다 더 많은 돈도 기꺼이 자네한테 줄 수 있다네!"

나는 당혹감을 느끼며 말했다.

"왜요? 그러실 것 없습니다. 마음만으로도 감사합니다. 저희 집에도 빵은 넉넉히 있는데요. 그것도 다 못 먹고 죽을 지경인데요."

그러고는 자리에서 일어나 쪽문을 열려고 손을 뻗었다.

"잠깐, 잠깐만 기다려주게."

나는 거의 절망에 휩싸인 채 말했다.

"자네, 오늘 정말 까칠하군……그럼 이것만이라도 말해주게. 자네 주인 말일세, 일어나셨나?"

"두 분 모두 일어나셨지요."

"그럼……마님은 지금 집에 계시나?"

"아니요, 두 분 다 안 계십니다."

"어디 놀러 가셨나?"

"그게 아니고요, 모스크바로 떠나셨습니다."

"모스크바로 떠났다니? 그럼 아침에는 여기 계셨나?"

"여기 계셨지요."

"잠도 여기서 주무셨고?"

"여기서 주무셨지요."

"여기 오신 지는 얼마 안 되셨고?"

"얼마 안 되셨지요."

"그런데 어떻게 그렇게 됐지?"

"글쎄요, 모스크바로 떠나신 지는 한 시간쯤 된 것 같습니다."

"모스크바라니!"

나는 멍하니 루키야느이치를 바라보았다. 정말이지 예상치 못한 상황이었다……루키야느이치 역시 나를 바라보았다……노인다운 교활한 미소가 말라빠진 입술에 번지고 슬픈 눈동자에도 살짝 어리는 듯했다.

"그래 동생분도 같이 떠났나?"

한참 뒤 나는 입을 열었다.

"같이 가셨지요."

"그럼 집에는 아무도 없는 건가?"

"아무도 없습니다……."

'이놈의 늙은이, 거짓말이야.'

문득 이런 생각이 머리를 스치고 지나갔다.

'그래서 저렇게 히죽거리는 거야.'

"이보게나, 루키야느이치."

"그럼 부탁 하나 들어주겠나?"

"내참, 무슨 부탁인데요?"

계속되는 나의 질문이 슬슬 성가신 듯 노인은 천천히 되물었다.

"집 안에 아무도 없다고 하니 그럼 집을 한 번 보여줄 수 있겠나?"

"그러니까 방들을 둘러보고 싶다는 말씀인가요?"

"그래, 방들 말일세."

루키야느이치는 입을 다물었다.

"그러시지요. 이쪽으로 오십시오……."

마침내 노인이 말했다.

뒤이어 노인은 허리를 굽히고 쪽문의 문턱을 넘어섰다. 나는 그의 뒤를 따랐다. 조그만 마당을 지나 우리는 별채의 흔들리는 계단을 걸어 올라갔다. 노인이 문을 열었다. 문에는 자물쇠도 없었다. 열쇠 구멍에 노끈 매듭이 매달린 게 고작이었다……집 안으로 들어갔다. 야트막한 방이 대여섯 개 있었고, 덧창 틈새로 어렴풋이 새어 나오는 불빛의 도움을 받아 판단하건대 방 안 가구들은 상당히 평범하고 낡아 보였다. 정원으로 나 있는 방에는 작고 오래된 피아노 한 대가 놓여 있었다……나는 뚜껑을 열고 건반을 두드려보았다. 뚱 하고 바람 새는 소리가 들리는가 싶더니 이내 사그라졌다. 마치 무례한 내 태도에 항의하는 것 같았다. 얼마 전까지 사람들이 살았던 집이라고는 도저히 여겨지지 않았다. 집 안은 음산하고 무서운 폐가의 분위기를 풍기고 있었다. 아무렇게나 놓인 하얀 종이만이 누군가 여기에 온 지 얼마 되지 않았음을 보여주었다. 나는 종이 한 장을 집어 들었다. 알고 보니 편지의 일부분이었다. 한쪽 면에는 여인의 필체로, '스 떼흐(Se taire?)'[8] 라고 쓰여 있었고, 다른 면에는 "보뇌르(bonheur)……."[9]라는 글자가 눈에 띄었다. 창가의 둥근 탁자에는 반쯤 시든 꽃들이 담긴 컵과 구겨진 초록색 리본 한 개가 놓여 있었다……나는 이 리본을 기념으로 챙겼다. 루키야느이치는 벽지로 바른 좁은 문을 열었다.

"자, 여기가 침실입니다. 뒤는 하녀 방이고요. 다른 방은 없습니다……."

노인이 손으로 가리키며 말했다.

우리는 복도를 따라 다시 되돌아왔다.

"저건 어떤 방이지?"

나는 자물쇠가 채워진 커다란 흰색 문을 가리키며 물었다.

"저거요?"

---

8   프랑스어로 '입을 다물어야 하나?'.
9   프랑스어로 '행복'.

루키야느이치가 공허한 소리로 대답했다.

"별거 아닙니다."

"별게 아니라니?"

"별거 아니에요……창고예요……."

그러고는 현관 쪽으로 발걸음을 옮기려 했다.

"창고? 한 번 볼 수 없겠나?"

"나리도 참 별나십니다, 정말 별나요!"

루키야느이치는 불만스럽게 말했다.

"도대체 뭘 볼 게 있다고 그러세요? 트렁크며 낡아빠진 그릇이며……그냥 창고예요. 그게 전부라니까요……."

"그래도 좀 보여주게나, 응?"

속으로는 무례할 정도로 집요한 태도에 부끄러움을 느끼면서도 나는 고집을 피웠다.

"내가 말이야, 그러니까…… 우리 마을에 딱 이런 집을 한 채 짓고 싶은데……."

나는 양심에 찔려 말을 채 끝내지 못했다.

루키야느이치는 백발의 머리를 약간 숙인 채 서 있었다. 왠지 묘한 표정으로 나를 쳐다보았다.

"보여주게나."

내가 말했다.

"그럼, 그렇게 하시죠."

노인은 열쇠를 넣고 마지못해 문을 열어주었다.

나는 창고 안을 들여다보았다. 정말로 특별한 것은 하나도 없었다. 벽에는 오래된 초상화들이 걸려 있었는데, 음울하고 어두운 표정에다 악의에 찬 눈빛들이었다. 바닥에는 온갖 잡동사니가 널려 있었다.

"자, 실컷 보셨나요?"

루키야느이치는 음울하게 물었다.

"그래, 정말 고맙네!"

나는 서둘러 대답했다.

노인은 쾅, 소리를 내며 문을 닫았다. 나는 현관을 통해 정원으로 나왔다.

루키야느이치는 나를 배웅하면서 이렇게 중얼거렸다.

"안녕히 가십시오."

그러고는 자기 별채로 발걸음을 옮겼다.

"그런데 어제 이 댁에 오신 여자분 말이야, 어떤 사람인가?"

나는 그의 등 뒤에 대고 큰 소리로 물었다.

"오늘 숲에서 그분을 만났었네!"

이런 식으로 갑작스레 질문을 던지면 루키야느이치에게서 혹시라도 엉겁결에 무슨 대답이라도 튀어나오지 않을까 기대했다. 하지만 루키야느이치는 허허 웃더니 그냥 안으로 들어가 문을 쾅, 하고 닫았다.

나는 글린노예 마을로 다시 향했다. 창피를 당한 아이처럼 마음이 불편했다.

"아마 난 이 수수께끼를 해결할 운명이 아닌가 보군. 관두자! 더 이상은 생각하지 않겠어."

나는 스스로에게 말했다.

한 시간 뒤 나는 이미 집으로 향하고 있었다. 화도 나고 약도 오른 상태였다.

일주일이 지났다. 여인과 남자, 두 사람과의 만남, 이 모든 것에 대한 생각을 떨쳐버리려 했지만 계속해서 내 머리를 떠나지 않았다. 마치 식사가 끝난 뒤 성가시게 달려드는 파리 떼처럼……비밀을 감춘 듯한 눈길로 말을 아끼던 루키야느이치의 차갑고 서글픈 미소도 자꾸 생각났다. 그리고 저택. 저택 자체도 내가 회상할 때마다 반쯤 닫힌 덧창 너머로 교활하고 멍청한 시선으로 나를 바라보는 것 같았다. 마치 나를 약 올리며, 아무리 발버둥을 쳐도 넌 알아낼 수 없을걸! 하고 말하는 것 같았다. 마침내 나는 더 이상 참지 못하고 어느 화창한 날 글린노예 마을로 향했고 걸어서 그리로 갔다……어디로 갔을까? 어디로 갔냐고? 독자 여러분은 이미 짐작하고 있을 것이다.

비밀스러운 저택에 가까이 다가갈수록 심한 마음의 동요를 느꼈음을 고백해야겠다. 겉으로 보기에 저택은 예전과 다름없었다. 여전히 창문은 닫혀 있었고 여전히 음울하고 적막한 분위기였다. 다만 별채 앞 의자에는 루키야느이치 대신 스무 살 정도 되어 보이는 어떤 젊은 하인 한 명이 앉아 있었다. 빨간 상의 위에 기다란 무명 겉옷을 걸치고 있었다. 손으로 곱슬머리를 받치고 앉은 그는 꾸벅꾸벅 졸다가 한 번씩 몸을 움찔거리곤 했다.

"이보게!"

나는 큰 소리로 말을 걸었다.

청년은 깜짝 놀라 벌떡 일어나더니 멍한 눈길로 나를 바라보았다.

"이보게!"

나는 반복했다.

"노인은 어디에 있나?"

"어떤 노인 말씀이신지요?"

청년이 천천히 말했다.

"루키야느이치 말이네."

"아, 루키야느이치 아저씨요?"

청년은 시선을 외면했다.

"루키야느이치 아저씨한테 볼일이 있으세요?"

"그래, 노인에게 볼일이 있어. 그런데 집에 계시나?"

"아……아니요."

청년이 잠시 망설였다.

"그러니까 아저씨는……뭐라 말씀드려야 할지……그러니까……."

"어디가 아픈 게로군, 그렇지?"

"아니요."

"그럼 뭔가?"

"아저씬 이제 안 계십니다."

"안 계시다니?"

"그렇게 됐습니다. 아저씨한테……그러니까 안 좋은 일이 있었어요."

"죽었나?"

나는 깜짝 놀라 물었다.

"목을 맸습니다."

"목을 매다니!"

나는 경악을 금치 못해 소리치며 두 손을 마주잡았다.

우리 두 사람은 아무 말 없이 서로를 쳐다보았다.

"오래됐나?"

한참 만에 내가 입을 열었다.

"오늘로 닷새째입니다. 어제 장례를 치렀으니까요."

"뭣 때문에 목을 맸지?"

"그거야 모르지요. 아저씨는 자유 농노였고 월급으로 생활했어요. 부족한 것도 없었고 주인 나리도 가족처럼 잘해주셨지요. 정말이지 좋은 주인님들이었어요. 항상 건강하시길 주님께 기원했습니다. 아저씨한테 그런 일이 일어나다니 정말 이해할 수가 없어요. 악마한테 홀렸나 봐요."

"그래 노인이 어떻게 목을 맨 건가?"

"그냥요. 그냥 목을 맸어요. 그게 다예요."

"혹시 그전에 뭔가 이상한 점은 없었나?"

"어떻게 말씀드려야 하나……그런 일을 할 정도로 뭔가 특별한 일은……없었어요. 아저씨는 원래 재미없는 사람이었어요, 뭔가 좀 꺼림칙한 사람이랄까나. 만날 끙끙거리기만 했어요. 만날 사는 게 재미없다고 하셨죠. 하기야 아저씨는 나이도 많으셨니까요. 한데 요즘 들어 뭔가 골똘히 생각하시는 것 같았어요. 우리 마을에 와서는, 참, 제가 아저씨한텐 조카뻘이거든요, '이봐, 바실리, 우리 집에 와서 자고 가지 않겠어?'라고 물으시길래 무슨 일이 있냐고 물었더니 '아니 그냥, 좀 무서워서. 혼자 있으려니 재미없기도 하고.' 그러는 거예요. 그래서 아저씨 집에 갔지요. 근데 아저씬 정원으로 나가 저택 쪽을 바라보다가는 연신 고개를 저으면서 어떤 땐 땅이 꺼져라 한숨을 내쉬곤 했어요……아저씨는 그날, 그러니까 죽기 전날에도 우리 집에 와서 절 불렀어요. 전 따라갔죠. 우린 별채에 도착했지요. 아저씬 의자에 잠시 앉아 있더니 곧 일어나서 나가셨어요. 전 기다렸지요. 이상했어요, 아무리 기다려도 안 오시는 거예요. 정원으로 나가 '아저씨! 아저씨!' 하고 소리를 질렀지만 대답이 없었어요. '아저씬 도대체 어딜 간 거지? 혹시 집 안으로 들어가셨나?' 그렇게 생각한 뒤 집 안으로 들어갔지요. 이미 날은 어두워지기 시작했어요. 창고 근처를 지나는데 문 안쪽에서 무슨 소리가 들리는 것 같았어요. 그래서 문을 잡고 열어보니, 아저씨가 거기 앉아 있는 거예요, 창문 아래 웅크린 채로요. '아저씨, 거기서 뭐 하세요?' 물었더니 아저씨가 내 쪽을 돌아보는데, 세상에나, 아저씨 눈이 진짜 고양이 눈처럼 빛나면서 빠르게 움직이는 거예요. '뭐야? 나 지금 수염 깎고 있잖아?' 하고 대답하더군요. 엄청나게 쉰 목소리였어요. 갑자기 머리카락이 쭈뼛 서는 것 같았지요. 뭔지 몰라도 진짜 섬뜩했어요……아마도 그때 이미 악마한테 사로잡혔나 봐요. '이렇게 어두운 데서요?' 제가 이렇게 말하면서 보니깐 아저씨 무릎이 와들와들 떨리고 있는 거예요. '그래, 알았어, 가자고.' 제가 먼저 창고를 나왔고 아저씨가 뒤따라 나오면서 문에 자물쇠를 채웠어요. 그렇게 해서 우린 다시 별채에 왔지요. 그제야 무서운 게 좀 없어져서 '근데 아저씨, 대체 창고에서 뭘 하신 거예요?'라고 물었더니 아저씬 엄청 당황하시면서, '입 닥쳐,

입 닥치라고!' 하며 소리를 질렀어요. 그러더니 먼저 자리에 누워 버리시더라고요. 그래서 생각했죠. '아저씨와 이야기하지 않는 게 좋겠어. 오늘은 좀 이상하네. 아마도 몸이 안 좋은 것 같군.' 그리고 나서 저도 준비하고 자리에 누웠어요. 구석에는 야간 램프가 비추고 있었지요. 그렇게 누워서 스르르 잠들기 시작하는데……갑자기 문이 삐거덕거리더니……글쎄, 문이 열리는 거예요……아주 조금요. 아저씨는 문을 등지고 누워 있었지만 귀가 아주 밝았죠. 순간 벌떡 일어나더니 갑자기…… '누가 날 부르지? 응? 누구야? 날 데리러 왔군, 날 데리러 왔어!' 그러고는 모자도 안 쓰고 정원으로 냅다 뛰어가는 거예요. '저 아저씨 왜 저러지?' 하고 생각했지만, 제 잘못이에요, 그만 다시 잠들었어요. 다음 날 아침 눈을 떠보니……아저씨가 없는 거예요. 밖으로 나가서 아저씨를 부르기 시작했어요. 어디에도 없는 거예요. 수위한테도 물었지요. '저기요, 혹시 아저씨 못 봤어요? 안 지나갔어요?' '아니, 못 봤는데.' 그러데요. '저기, 아저씨가 어디에도 없어요…….' 하고 제가 말했어요. '거참!' 우리 둘은 겁에 질렸어요. '페도세이치, 같이 갑시다. 가서 한번 찾아보자고요, 집에서는 안 보이는데.' 하고 제가 말했어요. '그래 바실리 치모페이치, 같이 가봅시다.' 하고 말하더군요. 수위 얼굴도 완전히 하얗게 질려 있었어요. 우린 집으로 들어갔지요……제가 창고 근처를 지나가는데 보니깐 자물쇠가 열린 채 걸려 있는 거예요. 문을 밀어봤더니 안쪽에서 잠긴 상태였어요……
페도세이치가 밖으로 달려 나가 창문으로 안을 살피더군요. '바
실리 치모페이치!' 하고 소릴 지르더니, '다리! 다리가……' 하는
거예요. 저는 냅다 창문으로 달려갔지요. 그랬더니 진짜 다리가,
아저씨 다리가 보였어요. 그렇게 방 한가운데에서 목을 맸더군
요……그래, 법원에 사람을 보냈지요……아저씨는 끌어내렸고요.
세상에나, 노끈에 매듭을 열두 번이나 묶었더군요."

"그래 법원에서는 뭐라던가?"

"뭐라긴요? 별말 없지요. 아무리 생각을 해봐도 뭐 이유를 찾지
못했어요. 도대체가 이유가 없거든요. 결국 제정신이 아니었다고
결론을 내렸지요. 실제로 최근에 아저씨는 자주 머리가 아프다고
했어요. 두통 때문에 힘들다고요……."

나는 삼십 분 정도 청년과 더 이야기를 나누고는 완전히 혼란
스러운 상태로 자리를 떠났다. 낡은 저택을 보면서 나는 은밀하고
미시적 상황에 대한 두려움에 휩싸였다……한 달 후 나는 마을을
떠났고 이 모든 공포와 미스터리한 만남은 점차 나의 기억에서 사
라졌다.

2

삼 년이 흘렀다. 그동안 나는 대부분의 시간을 페테르부르크나 해외에서 보냈다. 가끔 영지에 들른다 해도 기껏해야 며칠이었기 때문에 글린노예 마을이나 미하일롭스코예 마을에 가볼 기회는 거의 없었다. 나의 아름다운 여인도 그 남자도 더 이상 보지 못했다. 삼 년쯤 지난 어느 날 나는 모스크바에서 쉴리코바야와 동생 펠라게야 바다예바, 그때까지도 가공의 인물이라 여겼던 바로 그 펠라게야를 어느 지인의 야회에서 만나게 되었다. 두 사람 모두 중년의 나이였고 상당히 호감이 가는 얼굴이었다. 두 부인은 자주 여행을 다니면서 많은 지식과 경험을 얻은 듯했다. 성격도 꾸밈없고 쾌활한 편이었다. 하지만 나의 미지의 여인과 두 부인 사이에서 비슷한 점이라고는 전혀 찾아볼 수 없었다. 나는 그녀들과 인사를 나누었고 특히 쉴리코바야 부인과 허심탄회하게 대화를 나누었다(동생은 먼 곳에서 왔다는 어느 지질학자와 함께 있었다). 나는 부인에게 우리 영지가 가까이에 있고 따라서 이웃임을 밝혔다.

"어머나! 맞아요, 그곳에, 글린노예 마을 근처에 작은 땅이 있지요."

"그래요, 맞습니다. 부인의 미하일롭스코예 마을을 알고 있습니다. 거기 자주 가시나요?"

"저요, 아주 가끔이요."

"삼 년 전에도 가셨나요?"

"글쎄요, 아마 갔을 거예요. 맞아요, 갔었어요, 정확해요."

"동생분과 같이 가셨나요 아니면 혼자 가셨나요?"

잠시 부인은 조용히 나를 응시했다.

"동생과 함께였죠. 일주일쯤 머물렀어요. 볼일이 있었거든요. 그런데 거기서 누굴 만나진 않았는데요."

"흠……하긴 이웃들도 별로 없으니까요."

"맞아요, 많지 않지요. 게다가 사람 만나는 걸 그다지 좋아하는 편이 아니라서요."

"그런데요." 나는 말을 시작했다.

"그해 부인 댁에서는 아마도 끔찍한 일이 있었지요. 루키야느이치라고……."

쉴리코바야 부인의 눈에 눈물이 가득 고였다.

"어머나, 루키야느이치를 아세요?"

부인이 활기를 띠며 말했다.

"정말 끔찍한 일이었어요! 착하고 좋은 노인이었는데……글쎄 생각해보세요, 아무런 이유도 없이……."

"맞아요. 정말 끔찍한 일이었지요……."

나는 중얼거렸다.

쉴리코바야 부인의 동생이 우리 쪽으로 왔다. 볼가 강이 어떻게 만들어졌는지에 관한 지질학자의 담론이 지겨워지기 시작한 모양이었다.

"폴린(Pauline)아, 글쎄 말이야."

부인이 말을 꺼냈다.

"여기 이 무슈(monsieur)가 우리 루키야느이치를 아시는구나."

"정말요? 참 불쌍한 노인이었죠!"

"삼 년 전 부인이 영지에 머무실 때 미하일롭스코예 마을에 제가 자주 사냥을 가곤 했거든요."

"제가요?"

펠라게야는 다소 어리둥절해하며 말했다.

"그럼요, 물론 갔었지요!"

언니가 서둘러 말을 가로막았다.

"아니 넌 기억이 안 나니?"

그러고는 동생의 눈을 뚫어져라 쳐다보며 눈짓을 했다.

"아아, 맞아요……물론 갔었지요!"

펠라게야가 갑자기 대답했다.

'흐음.'

나는 속으로 생각했다.

'그러니까 동생은 미하일롭스코예에 가지 않았군.'

"펠라게야 표도로브나, 노래 한 곡 불러주시지 않겠어요?"

갑자기 키 큰 청년 하나가 말을 건넸다. 금발의 곱슬머리를 멋지게 올려붙였지만 왠지 눈빛이 흐릿한 청년이었다.

"글쎄요, 뭘 불러야 할지……."

펠라게야가 말했다.

"노래를 잘 부르시나보군요?"

나는 활기를 띠며 큰 소리로 말하면서 자리에서 재빨리 일어났다.

"그렇다면요……제발 부탁인데 정말 노래 한 곡 좀 불러주세요."

"어떤 노래를 불러 드릴까요?"

"혹시 말입니다."

나는 애써 침착한 태도를 유지하려 노력하면서 이렇게 말했다.

"이탈리아 노래가 하나 있는데 아실는지……파사 파사 크 콜리

(Passa, Passa quei colli)로 시작하는 노래인데요."

"알아요."

펠라게야는 아무 거리낌 없이 대답했다.

"자, 그럼 그 노래를 부를까요? 시작하지요."

그리고 펠라게야는 피아노 앞에 앉았다. 나는 햄릿처럼 쉴리 코바야 부인에게서 시선을 떼지 않았다. 노래가 시작되자 부인은 몸을 움찔하는 듯했다. 하지만 끝까지 평온을 잃지 않았다. 펠라게야의 노래 실력은 그리 나쁘지 않았다. 노래가 끝났고 늘 그렇듯 박수 소리가 울려 퍼졌다. 사람들이 뭔가 다른 곡 하나를 더 불러 달라고 부탁했지만 자매는 서로 눈짓을 교환하더니 바로 그 자리를 떠났다. 자매가 방을 나가면서 하는 말 중에 '앵뻐르떵 (importun)'[10]이라는 단어가 내 귀에 언뜻 들려왔다.

'당신들이 자초한 거야.'

나는 속으로 생각했다. 그 뒤로 자매와는 두 번 다시 만나지 못했다.

다시 일 년이 지났다. 나는 페테르부르크로 거처를 옮겼다. 겨울이 왔고 가면무도회 축제가 시작되었다. 어느 날 나는 친구네 야회에 갔다가 밤 열 시가 좀 지났을 무렵 나왔다. 기분이 우울해서 가면무도회가 열리는 귀족회의장에나 들러보기로 했다. 나는

---

10 프랑스어로 '집요한'.

무도회장의 기둥을 따라서 혹은 거울들 근처를 어슬렁거리며 돌아다녔다. 그런 자리에서 교양 있는 사람들이 하는 것처럼 어딘가 겸손하면서도 운명적인 표정을 한 채 말이다. 어째서 그런 표정들을 짓는지는 하느님만이 아시겠지. 어쨌든 나는 그 자리에 뒤섞여 이따금 기묘한 레이스 장식 옷에 오래된 장갑을 끼고 가면을 쓴 이들이 다가와 말을 걸면 적당히 상대해주면서 웅웅대는 트럼펫 소리와 날카로운 바이올린 소리에 멍하니 귀를 기울이고 있었다. 어느덧 넌더리가 날 정도로 지겹고 싫어지면서 머리까지 아프기 시작해서 막 집으로 돌아가려던 찰나였다⋯⋯.

순간⋯⋯난 그 자리에 멈춰 섰다. 검은 가면을 쓰고 기둥에 기대 있는 어느 여인의 모습이 눈에 들어온 것이다. 가까이 다가갔다⋯⋯독자 여러분은 내 말을 믿을 수 있을까? 나의 미지의 여인이었다. 여인을 어떻게 단번에 알아봤을까? 가면에 뚫린 구멍을 통해 나에게 던진 시선 때문이었는지, 아름다운 어깨와 팔 때문이었는지, 온몸을 감싸는 독특한 여성적 매력 때문이었는지, 그것도 아니면 내 안에서 갑자기 속삭이던 어떤 비밀스러운 목소리 때문이었는지 뭐라 말할 수는 없다⋯⋯하지만 그 여인이 틀림없었다.

나는 떨리는 마음으로 여인 곁을 몇 차례 지나쳤다. 그녀는 꼼짝도 하지 않고 서 있었다. 뭔가 절망적이면서 고통스러운 분위기가 느껴졌다. 그녀를 보고 있자니 이탈리아 로망스 두 구절이 머리에 떠올랐다.

벽에 기대 선 나는

슬픈 그림이어라

나는 여인이 기대고 서 있던 기둥 뒤로 돌아가 그녀의 귀에 대고 나직이 속삭였다.

"파사 파사 크 콜리(Passa, Passa quei colli)······."

여인은 흠칫하며 나를 휙 돌아보았다. 우리 눈이 아주 가깝게 마주쳤다. 여인의 눈동자는 놀라움으로 한층 더 커졌다. 그녀는 의혹의 표정으로 한 손을 내 쪽으로 엉거주춤 내민 채 나를 바라보았다.

"184*년 5월 6일 소렌토 저녁 열 시 델라 크로체(della Croce)[11] 거리."

나는 여인에게 시선을 고정한 채 천천히 입을 열었다.

"그다음에는 러시아 ***군의 미하일롭스코예 마을 184*년 7월 22일······."

이 모든 말을 나는 프랑스어로 했다. 여인은 한발 뒤로 물러서 깜짝 놀란 시선으로 내 모습을 머리부터 발끝까지 훑어보더니 이

11 이탈리아어로 '십자가'.

내 프랑스어로 속삭였다.

"뱅이지(Venez)."[12]

그러고는 빠른 걸음으로 홀을 빠져나갔다. 나도 그 뒤를 따랐다.

우리는 아무 말 없이 걸었다. 여인과 함께 걸으면서 느꼈던 감정을 뭐라 말로 표현할 수가 없다. 갑자기 현실이 된 아름다운 꿈……피그말리온의 눈앞에서 살아 숨 쉬는 여인으로 변한 갈라테이아 여인상……도저히 믿기 어려운 일이었다. 숨조차 쉬기 힘들었다.

우리는 몇 개의 방을 지나갔다……드디어 여인이 그중 어떤 방으로 들어가 창가에 놓인 작은 소파 앞에서 멈추더니 거기에 앉았다. 나도 곁에 앉았다.

여인은 천천히 나를 향해 고개를 돌리더니 신중한 눈빛으로 나를 바라보았다.

"당신은……그이가 보낸 사람인가요?"

여인이 말했다.

가냘프고 주저하는 듯한 목소리였다.

여인의 질문에 나는 약간 당황했다.

"아니요……그 사람이 보낸 것이 아닙니다."

나는 더듬거리면서 대답했다.

---

12 프랑스어로 '같이 가요'.

"그이를 아세요?"

"압니다."

나는 은밀한 권위가 담긴 목소리로 말했다. 대단한 사람처럼 보이고 싶었다.

"알고 있어요."

여인은 미심쩍은 표정으로 나를 바라보았고 무슨 말인가 하려다가 시선을 내리깔았다.

"소렌토에서 그 사람을 기다리고 계셨지요."

나는 말을 계속했다.

"미하일롭스코예 마을에서도 만나셨고요, 같이 말을 타셨어요……."

"그걸 어떻게……."

여인이 말을 시작하려고 했다.

"전 알고 있습니다……모든 걸요……."

"당신 얼굴이요, 어디서 본 것 같은데……아, 아니에요."

여인이 말을 이었다.

"아니요. 우린 모르는 사이입니다."

"그런데 저한테 뭘 원하시는 거죠?"

"저는 그저 알고 있을 뿐입니다."

나는 힘주어 말했다.

이토록 순조로운 시작을, 이 기회를 제대로 살려서 앞으로 전진해야 한다는 것을 잘 알고 있었다. 모든 걸 알고 있어요, 전 알고 있습니다, 따위를 반복하는 것은 정말 우스꽝스럽다는 것도 잘 알고 있었다. 하지만 가슴이 너무 떨렸고 예기치 못한 만남에 너무도 당황한 나머지 두서없이 말을 내뱉었다. 하긴 실제로 그 이상 아는 것도 없었다. 나는 스스로가 바보짓을 하고 있다고 느꼈다. 처음에는 비밀스럽고 전지전능한 존재로 보였던 내가 싱거운 멍청이로 빠르게 바뀌고 있다는 것도 느꼈다……하지만 별도리가 없었다.

"그래요, 난 모든 걸 알고 있어요."

다시 한 번 나는 중얼거렸다.

여인은 나를 한 번 쳐다보더니 급히 자리에서 일어나 떠나려고 했다.

하지만 그것은 지나치게 가혹한 일이었다. 나는 여인의 손을 붙잡았다.

"제발."

나는 말을 시작했다.

"제발 앉아서 제 말을 좀 들어주세요……."

여인은 잠시 생각하더니 자리에 앉았다.

나는 열정적으로 말을 이어나갔다.

"방금 제가 모든 걸 다 안다고 말씀드렸지만 헛소리입니다. 전 아무것도 몰라요, 단 하나도 모릅니다. 당신이 누구인지, 그 남자가 누구인지 나는 모릅니다. 혹시라도 저 기둥 뒤에서 제가 말씀드린 것에 놀라셨다면 정말 농담처럼 거의 똑같은 상황에서 두 번이나 저를 당신과 마주치게 했던 그 우연을, 이상하고도 신비한 그 우연을 탓하십시오. 아마도 당신은 비밀로 간직하고자 했을 사건의 원치 않은 목격자가 생기게 만든 그 우연을 말입니다……"

그러고 나서 나는 그동안의 일을 모두 털어놓았다. 소렌토와 러시아에서 그녀를 보았던 일, 미하일롭스코예 마을에서 쓸데없이 그녀에 대해 꼬치꼬치 물어보고 다녔던 일, 모스크바에서 쉴리코바 부인 자매를 만났던 일까지 모두 말이다.

"이게 전부입니다. 당신이 제게 얼마나 강렬하고 놀라운 인상을 주셨는지에 대해서는 말씀드리지 않겠습니다. 당신을 보고도 매혹당하지 않는다는 것은 불가능한 일이니까요. 이 인상이 어떠했다는 말씀을 드리기 위해 구구절절 이야기를 한 것도 아닙니다. 생각해보십시오, 제가 어떤 상황에서 당신과 두 번이나 마주쳤는지……믿어주세요, 전 헛된 꿈을 좇는 몽상가가 아닙니다. 하지만 지금 이 순간 설명하기 어려운 저의 이 흥분도 이해해주십시오. 그리고 용서하십시오. 당신한테 접근하기 위해, 관심을 끌기 위해 잠시나마 유치한 짓을 한 점 용서해주십시오……"

여인은 고개를 숙인 채 두서없이 늘어놓는 나의 말에 귀를 기울였다.

"저한테 뭘 원하시는 거죠?"

마침내 여인이 물었다.

"저요? 아무것도 원하지 않습니다……지금 전 충분히 행복하니까요……지나칠 정도로 타인의 비밀을 존중하는 편이거든요."

"그래요? 하지만 지금까지 말씀하신 바로는……그건 그렇고."

여인은 말을 이어나갔다.

"당신을 비난할 생각은 없어요. 누구라도 당신 입장이라면 그렇게 했을 테니까요. 정말 운명의 신이 있어서 우리를 계속 연결시키는 것 같군요……마치 당신에게 나의 진실을 들을 수 있는 권리를 부여한 것 같아요. 하지만 이것만은 기억해두세요. 저는 무도회마다 돌아다니며 처음 만나는 사람한테 고통을 늘어놓고 동정이나 바라는 그런 몰상식하고 불쌍한 여자가 아닙니다……동정따위는 필요 없어요. 세 심장은 이미 죽었으니까요. 여기 온 것은 죽은 심장을 완전히 묻기 위해서예요. 그뿐이에요."

여인은 손수건을 입가에 가져갔다.

"저는요."

여인은 좀 더 힘을 내서 말을 계속했다.

"당신이 제 말을 그저 흔히 보는 위선적인 신세한탄으로 여기

지 않길 바랍니다. 제겐 그럴 여유도 없다는 걸 이해하셔야 합니
다……."

정말 그녀의 목소리는 가늘고 부드러웠지만 뭔가 섬뜩함이 느
껴졌다.

"저는 러시아 사람입니다."

그때까지 프랑스어를 쓰던 여인은 갑자기 러시아어로 말하기
시작했다.

"물론 러시아에서 산 기간은 얼마 되지 않지만요……제 이름을
알 필요는 없어요. 안나 표도로브나 쉴리코바야 부인은 제 오랜
친구예요. 말씀대로 전 친구의 여동생인 척하며 함께 미하일롭스
코예 마을에 갔었지요……당시 저는 그이와 드러내놓고 만날 수
없는 처지였거든요……소문이 퍼지기 시작했지요……그때 장애
요인도 있었어요. 그이는 자유로운 몸이 아니었지요……훗날 이
장애 요인은 없어졌지요……그런데 제 이름이 되었어야 할 그 사
람, 당신이 보았던 그 사람이 저를 버렸어요."

여인은 팔을 움직이더니 잠시 입을 다물었다…….

"정말 그이를 모르시나요? 만난 적도 없으신가요?"

"단 한 번도 없습니다."

"그이는 그동안 거의 외국에 있었어요. 하긴 지금은 여기에 있
지요……이게 전부입니다."

여인은 덧붙였다.

"뭐, 비밀스러운 것도, 특별한 것도 없어요."

"그럼 소렌토는요?" 내가 조심스레 물었다.

"저와 그이는 소렌토에서 알게 되었어요."

여인은 천천히 말하고 나서 깊은 생각에 잠겼다.

우리 두 사람 모두 말이 없었다. 이상한 당혹감이 나를 감쌌다. 나는 지금 그녀 곁에 앉아 있다. 그토록 내가 소망했고 그토록 나를 화나게 했고 나의 심장을 뛰게 한 바로 그녀 곁에 말이다. 나는 그녀 곁에 앉아 심장의 냉기와 중압감을 느끼고 있었다. 이 만남은 결국 아무런 결실도 맺을 수 없다는 것, 그녀와 나 사이에는 아득한 심연이 놓여 있다는 것, 이렇게 헤어지면 두 번 다시 만나지 못하리라는 것을 나는 잘 알고 있었다. 여인은 무릎 위에 두 팔을 늘어뜨리고 고개를 내민 채 무심하게 맥없이 앉아 있었다. 치유될 수 없는 고통의 무심함을 나는 알고 있다. 돌이킬 수 없는 불행의 무심함을 나는 알고 있다! 가면을 쓴 커플들이 우리 곁을 지나갔다. 단조롭고 광기 어린 왈츠 음악이 저 멀리서 희미하게 들리기도 하고 날카로운 폭발음을 내기도 했다. 흥겨운 무도회 음악은 내 마음을 무겁게 짓누르고 슬프게 만들 뿐이었다.

'정말 이 여인이 언젠가 머나먼 시골 작은 집 창문에서 그토록 눈부신 아름다움을 내뿜으며 내 앞에 나타난 바로 그 여인이란 말

인가?'

한편으로 세월은 여인을 비껴간 듯했다. 가면으로 가려지지 않은 얼굴 아랫부분은 어린아이처럼 부드러웠다. 하지만 여인은 마치 조각상처럼 싸늘한 냉기를 풍겼다……갈라테이아는 다시 조각상으로 돌아갔고 받침대에서 내려오는 일 따위는 결코 없을 것이었다.

갑자기 여인이 자세를 바로 하며 다른 방을 힐끗 보더니 자리에서 일어섰다.

"제 손을 잡아주세요."

여인이 말했다.

"빨리, 빨리 가요."

우리는 홀로 다시 돌아왔다. 여인이 어찌나 빨리 걷는지 간신히 뒤를 따랐다. 어느 기둥 근처에서 여인은 걸음을 멈췄다.

"여기에서 좀 기다려요."

여인이 속삭였다.

"누군가를 찾고 계시군요……."

내가 말을 시작했다……

하지만 여인은 나에게 아무 관심도 없었다. 오직 사람들 쪽을 뚫어져라 쳐다보았다. 검은 빌로드 가면 아래에서 여인의 크고 검은 눈이 엄격하고 음울한 시선을 던지고 있었다.

나는 여인의 시선이 머물고 있는 방향으로 고개를 돌렸다. 그제야 모든 것을 이해할 수 있었다. 몇 개의 기둥과 벽에 의해 만들어진 복도를 따라 한 남자가 걸어오고 있었다. 숲속에서 여인과 함께 있던 바로 그 남자였다. 나는 한눈에 알아보았다. 그때처럼 멋지게 엷은 황갈색 콧수염을 길렀고 그때처럼 당당하고 자신감이 넘쳤으며 갈색 눈은 유쾌하게 빛나고 있었다. 남자는 가면 쓴 여자와 팔짱을 끼고 천천히 걸어오고 있었는데, 약간 상체를 굽힌 채 남자에게 뭔가를 이야기해주고 있었다. 우리 근처까지 오자 남자는 갑자기 고개를 들어 먼저 나를 보고 다음으로 여인을 보았다. 아마도 여인을, 여인의 눈빛을 알아보았을 것이다. 왜냐하면 남자의 눈썹이 살짝 떨렸기 때문이다. 남자는 실눈을 뜨고 바라보았다. 더없이 무례한 비웃음이 입가에 어렸다. 남자는 함께 있던 여자 귀에 대고 뭐라고 속삭였다. 여자가 우리 쪽으로 시선을 돌렸고 여자의 푸른 눈은 우리 두 사람을 위아래로 빠르게 훑고 지나갔다. 여자는 조용히 웃더니 작은 손으로 남자를 향해 겁주는 시늉을 했다. 남자는 한쪽 어깨를 으쓱해 보였고 여자는 한층 교태를 부리며 남자에게 기댔다…….

나는 나의 여인을 바라보았다. 여인은 멀어져가는 커플의 뒷모습을 바라보다가 갑자기 내게서 손을 빼고 출구로 내달렸다. 나도 그녀 뒤를 따르려 했다. 하지만 나를 돌아보는 여인의 눈길을 본 나는 그저 허리를 굽혀 인사를 하고 그 자리에 멈출 수밖에 없었다. 여인의 뒤를 따라가는 것이 무례하고 또 멍청한 행동이라는 사실을 깨달았던 것이다.

"이봐, 물어볼 게 좀 있는데."

십오 분쯤 지나서 나는 페테르부르크의 정보통인 친구에게 말을 걸었다.

"저 사람 말이야, 콧수염 기른 저 키 크고 잘생긴 남자. 도대체 누군가?"

"어, 저 사람? 무슨 외국인인데 상당히 신비스러운 인물이지. 여기에도 가끔 나타나곤 해. 그런데 왜?"

"아니, 뭐 그냥……"

나는 집으로 돌아왔다. 이후 나의 미지의 여인은 더 이상 만날 수 없었다. 물론 여인이 사랑했던 남자의 이름을 알아낸다면 아마도 여인이 누구인지도 알아낼 수 있으리라. 하지만 나 스스로가 그걸 원치 않았다. 앞에서도 말했지만 여인은 나에게 꿈처럼 나타났고 다시 꿈처럼 내 곁을 스친 뒤 이젠 영원히 사라졌을 뿐이다.

파우스트.

아홉 통의 편지로 된 이야기

너 자신을 거부해라, 스스로의 욕망을 굴복시켜라 **1**

－『파우스트』제1부

1 　독일어 "Entbehren sollst du, sollst entbehren(1856년 스루곱쉬코프 A.Strugovshi-
kov의 번역)"를 번역한 것이다. 이는 괴테의『파우스트』에서 주인공 파우스트 박사가 메피
스토와 계약을 체결하기 전, 확장되어 가던 자신의 욕망을 제한하기 위해 한 말을 그대로
인용한 것이다. 괴테의 소설 속 파우스트의 독백은 독자로 하여금 앞으로 이 소설의 줄거리
가 괴테의 소설처럼 욕망의 제한이라는 주제를 중심으로 전개될 것임을 암시해준다.

첫 번째 편지

-1850년 6월 6일 M 마을에서

사랑하는 친구. 여기에 온 지도 벌써 나흘째로군. 약속대로 자네에게 편지를 쓰네. 밖에는 아침부터 이슬비가 내려 나갈 수도 없고 마침 나도 이런저런 얘기를 하고 싶었거든. 드디어 난 보금자리로 다시 돌아왔네. 말하기도 무섭지만 거의 구 년만이야. 자네는 어떻게 생각할지 모르겠지만 난 정말 다른 사람이 된 것 같아. 실제로 사람이 달라졌어. 자네 기억하나? 우리 거실에 걸려 있는 어두운색 작은 거울말이야. 우리 증조할머니 것으로 네 귀퉁이에 특이한 장식이 있는. 자넨 이 거울을 볼 때마다, 백 년 전 이 거울에는 무엇이 보였을까, 궁금해 하곤 했지. 이곳에 도착한 뒤 이 거울을 보고 나는 적이 당황했네. 최근 들어 많이 늙고 변한 내 모습을 갑자기 보게 되었거든. 물론 나만 늙은 게 아니더군.

이미 오래전에 낡아버린 우리 집은 약간 기울어진데다 땅속으로 움푹 주저앉아 지금은 간신히 쓰러지지 않고 지탱하고 있는 형편이야. 우리 착한 바실리예브나, 가정부 말이야(기억할 거야, 자네에게 맛있는 잼을 만들어주곤 했으니까). 완전히 쪼그라들었지 뭔가.

허리까지 굽었어. 나를 보고도 탄성을 지르거나 기뻐 울지도 못하더군. 그저 어머나, 어머나, 소리만 연발하더니 기침을 심하게 해대는 거야. 결국 완전히 지쳐서 의자에 앉아 양손을 흔들기만 하더군. 체렌치 노인은 아직도 건강해서 늘 등을 꼿꼿이 세운 채 걸어 다녀. 걸을 때마다 발을 비틀면서 말이야. 여전히 노란색 남경南京 무명 바지에 요란한 소리를 내는 리본이 달린 양가죽 단화를 신고 다니지. 한데 다리가 말이야, 자네가 매번 신기하게 생각했던 그 다리. 맙소사! 지금은 너무 말라서 바지가 펄럭거릴 정도야! 또 머리카락은 하얀 은발이 되어버렸지! 얼굴도 완전히 쪼그라들어서 내 주먹만 하더군. 또 나와 대화를 나눌 때나 옆방에서 뭔가를 지시할 때 노인은 우습기도 하고 안쓰럽기도 하다네. 치아가 몽땅 빠져버려 입을 우물거릴 때마다 쎅쎅하며 갈린 소리가 나지 뭔가.

대신 정원은 놀랄 만큼 훌륭해졌어. 라일락과 아카시아, 인동나무의 볼품없는 관목들이(자네와 내가 함께 심었는데 기억하나?) 울창하고 멋진 숲으로 변했다네. 자작나무와 단풍나무도 모두 쑥쑥 자랐지. 특히 보리수의 가로수길은 훌륭해졌어. 난 이 가로수길이 좋아. 연녹색과 회색이 섞인 부드러운 색감의 아치 아래 그윽한 내음도 좋고, 흑토 위 화려한 원 모양 무늬 역시 너무 좋아. 자네도 알다시피 내 정원에는 모래가 없어. 내가 좋아하는 어린 참나무 역시 어느새 의젓한 나무로 성장했더군.

어제 낮에 나는 한 시간도 넘게 그 나무 그늘 아래 벤치에 앉아 있었어. 기분이 무척 좋더군. 주변에는 풀이 무성하고 그 위로는 강한 황금빛 햇살이 부드럽게 쏟아졌지. 햇빛은 나무 그림자까지 비껴들었어⋯⋯그리고 사방에서 들려오는 새소리! 자네, 내가 새를 얼마나 좋아하는지 잊지 않았겠지. 비둘기가 쉴 새 없이 구구, 하고 울면 때때로 꾀꼬리가 휘파람 소리를 내고, 티티새가 화가 난 듯 울어 제치면 저 멀리 뻐꾸기가 응답하는 거야. 그러면 별안간 어디선가 딱따구리가 미친 듯 날카로운 소리를 내기도 했지. 나는 이 모두가 어우러진 부드러운 소리에 귀 기울이며 손가락 하나 까딱하고 싶지 않았어. 마음속은 권태랄까, 가벼운 흥분이랄까, 알 수 없는 그런 느낌이 들었어.

성장한 것은 정원만이 아니었어. 거리에서 씩씩하고 건장한 체격의 젊은이들과 쉴 새 없이 마주쳤지만, 예전에 내가 알던 그 꼬마들이라고는 도저히 믿어지지가 않았어. 자네가 예뻐하던 꼬마 치모샤[2] 역시 이제는 어엿한 청년 치모페이로 성장했더군. 아마 상상도 할 수 없을 거야. 자네는 당시 그 애가 폐병으로 발전할지도 모른다고 염려했지. 하지만 지금 무명 프록코트의 좁은 소매 밖으로 보이는 그 애의 굵은 팔뚝과 몸 여기저기에 붙어있는 탄

2   치모페이의 애칭.

탄한 근육들……자네가 보면 깜짝 놀랄 거야! 목덜미는 황소 같
고 머리카락은 온통 금발의 고수머리야. 한마디로 파르네즈의 헤
라클레스 동상 그대로라니까! 반면 얼굴은 많이 변하지 않았어.
크기도 그다지 커진 것 같지 않고. 그리고 자네가 말하곤 했던 이
른바 '하품하는 듯한' 미소 역시 여전하더군. 난 그 애를 하인으로
삼았어. 페테르부르크에서 데리고 있던 하인은 모스크바에 버리
고 왔지. 지나치게 도시적인 것을 좋아하고 잘난 척하며 나를 부
끄럽게 만들어서 말이야.

예전에 내가 기르던 개는 한 마리도 없더군. 모두 죽어버렸어.
네프카가 그나마 가장 오래 살았는데 그놈마저도 아르고스가 율
리스를 끝까지 기다린 것처럼 내가 올 때까지 기다려주지는 않았
어. 흐릿한 눈으로 자기 옛 주인이자 사냥 친구였던 나를 더 이상
볼 수 없게 된 거지. 샤프카는 아직 살아있다네. 여전히 쉰 목소리
로 짖어대. 한쪽 귀도 예전 그대로 찢어진 모습이었고, 꼬리에 가
시 달린 우엉을 붙인 채로 다니는 버릇도 여전해.

옛날 자네가 쓰던 방을 내가 사용하기로 했네. 사실 이 방은 햇
볕이 너무 들고 파리 떼가 들끓지만 다른 방에 비해 낡은 집 특유
의 냄새가 적게 나는 편이거든. 그런데 참 이상한 일이야! 퀴퀴하
고 약간은 시큼한, 어딘지 맥이 풀린 듯한 내음이 불쾌하기보다는
오히려 그 반대라네. 상상력을 강하게 자극하거든. 마음속 깊은 곳

에 슬픔을 불러일으키다가 결국 의기소침한 상태에 빠지게 하지.

자네와 마찬가지로 나 역시 구리 장식의 투박한 옷장과 타원형 등받이가 있는 안락의자, 가운데 자줏빛 금속 장식이 달린 커다란 달걀 모양 장식이 있는 파리똥 투성이의 유리 샹들리에(조상 대대로 내려온 이 가구들을 무척이나 좋아하지만, 그렇다고 해서 하루 종일 이것들만 보고 있을 수는 없었어. 내 마음은 뭔지 모를 불안한 권태(정말 그랬어!))가 내 마음을 사로잡았어. 내 방에 있는 가구들은 아주 평범한 수제품들이지. 하여튼 나는 좁고 긴 찬장을 한쪽 구석에 남겨두기로 했네. 찬장 위에는 뿌연 먼지 사이로 구식의 녹청색 유리 쟁반이 보이더군. 벽에는 검은 테두리의 액자 하나를 걸게 했어. 기억하나? 자네가 늘 마농 레스코의 초상이라고 한 여자 그림말일세. 지난 구 년 동안 색깔이 약간 퇴색했어. 하지만 눈은 여전히 상념에 잠긴 채 교태스러우면서도 부드럽게 바라보고 있고 입가에는 가볍고 슬픈 미소가 어려 있다네. 그리고 반쯤 뜯어진 장미 한 송이가 그녀의 가느나란 손가락 사이에서 소리 없이 떨어질 듯하고.

내 방의 커튼은 아주 재미있다네. 원래는 초록색이었는데 지금은 색깔이 바래서 누르스름해졌지. 커튼에는 다르란쿠르의 『은자隱者』에서 인용한 몇몇 장면이 먹으로 그려져 있어. 커튼 한편에는 엄청나게 긴 수염을 기르고 샌들을 신은 은자 한 사람이 눈을 부릅뜬 채, 머리채를 풀어헤친 어떤 처녀를 산속으로 끌고 가는 장면이 그려져 있어. 다른 편에는 머리에 베레모를 쓰고, 어깨에 불룩한 주름이 잡힌 옷을 입은 무사 네 명이 목숨을 걸고 격투하는 장면이 그려져 있는데, 한 사람은 누워 있어. 엉 라쿠흐시(en raccourci)[3], 죽은 채로 말이야. 한마디로 처참한 광경들이 그려져 있지만, 사방은 고요한 정적뿐. 커튼은 부드러운 반영을 천장에 드리우고 있다네…….

여기 정착하면서부터 어떤 정신적 고요함이 내 마음을 완전히 사로잡고 말았어. 아무 일도 하고 싶지 않고 아무도 만나고 싶지 않아. 무언가를 소망하지도 않고, 공상하는 것도 귀찮아졌지. 하지만 생각하는 건 귀찮지 않아. 자네도 알다시피 이 두 가지는 전혀 다르지. 먼저 어린 시절의 추억이 나를 엄습했네……어디를 가나, 무엇을 보나, 도처에서 선명한 추억들이 떠오르는 거야. 아주 사소한 일까지 떠올라서 마치 그 선명한 윤곽대로 굳어버린 느낌이었어……이윽고 이것이 다른 추억으로 바뀌면, 거기에서……거기에서 나는 살며시 과거로부터 등을 돌려버려.

그러면 내 마음에는 육중한 나른함만이 남게 된다네. 그런데 이건 또 무슨 일인가! 버드나무가 늘어진 둑 위에 앉아 있으려니 별안간 눈물이 흐르지 뭔가. 이때 옆을 지나가던 농부 아낙이 없었더라면 나는 이 지긋한 나이에도 불구하고 오랫동안 울었을 거야. 농부 아낙은 흥미롭다는 듯이 흘끗 쳐다보더군. 하지만 금방 얼굴을 돌리며 공손히 인사하고는 지나가버렸어. 나는 이곳을 떠날 때까지, 즉 구월까지 이런 기분으로 지내고 싶네(물론 두 번 다시 눈물을 흘리진 않을 걸세). 그래서 만약 이웃 중 누군가가 나를 방문한다면 난 무척이나 실망할 거야. 하지만 그런 염려는 하지 않아도 될 것 같네. 친하게 지내는 이웃이 없거든. 자넨 내 기분을 이해하리라 믿네. 고독이란 것이 인간에게 유익한 결과를 가져다줄 때가 얼마나 많은지 자네도 경험으로 잘 알고 있을 테니까……온갖 풍랑을 겪은 나에게 이 고독은 정말 필요하다네.

그렇다고 지루하지는 않을 것 같아. 책을 몇 권 가지고 온 데다가 여기에도 제법 괜찮은 서재가 있거든. 나는 어제 책장을 모조리 열어 젖힌 다음, 곰팡이 냄새나는 책들을 뒤져 예전에는 깨닫지 못했던 재미있는 책을 많이 찾아냈다네. 1770년대에 필사본으로 출판한 『캉디드』 번역본, 『개선한 카멜레온』(그러니까 미라보 말일세), 『르 뻬이정 뻬베르(Le Paysan pervert)』[4] 등 그 무렵에 나온 보고서와 잡지들이 있더군. 어린이 책들도 있었어. 내 것도 있고, 아버지 것도 있고, 할머니 것도 있었어. 글쎄 증조할머니 책도 있지 뭔가. 화려하게 장정된 어떤 프랑스어 문법책에는 커다란 글

---

4 프랑스어로 '방탕한 농부'.

자로, '스 리브르 아빠르띠앙 아 마드모아젤 외독시 드 라브린(Ce livre appartient a m-lle Eudoxie de Lavrine)'[5]이라고 쓰여 있더군. 연도를 보니까 1741년이었어.

언젠가 내가 외국에서 가져온 책들도 발견했어. 괴테의 『파우스트』도 있더군. 자네가 기억할지 모르지만, 한때 난 『파우스트』를 한 자도 빼놓지 않고 암기한 적도 있었어(물론 제1부뿐이긴 했지만). 아무리 읽어도 싫증이 나지 않았어. 하지만 시대가 바뀌면 꿈도 바뀌기 마련. 최근 구 년 동안 난 괴테가 쓴 책을 거의 읽지 못했네. 나에게 그토록 낯익은 이 작은 책(1828년 출판본)을 발견했을 때 그 느낌이란 도저히 말로 형용할 수가 없을 정도였어. 나는 책을 손에 들고 침대에 누워 읽기 시작했지. 제1막의 장엄함은 벅찬 감동 그 자체였어! 정령의 등장과 그의 대사, 자네도 기억할 테지, '인생의 파도 위에, 창조의 폭풍 속에.' 이 대사는 내 마음속에 한동안 맛보지 못했던 아찔한 전율과 쾌감을 느끼게 해주었어. 모든 게 되살아났어. 베를린, 유학 시절, 프로일라인 클라라 슈치흐, 메피스토펠레스 역을 한 자이데르만, 라지빌의 음악 등 그 모든 게 말이야……오랫동안 잠을 이룰 수가 없었어. 내 청춘이 눈앞에 되살아나 환영처럼 어른거리더니 온몸의 혈관을 따라 불길처럼, 독약처럼 뛰어다니는 거야. 심장은 확장된 채 수축되지 않았고 심장

5 프랑스어로 '이 책은 예브도키야 라브리앙 양의 것입니다'.

의 혈관이 온통 약동하기 시작했어. 그리고 욕망이 끓어오르기 시작했지…….

상상할 수 있겠나, 벌써 마흔이 다된 내가 쓸쓸한 자기 집에 혼자 앉아 이런 부질없는 공상에 빠져 있는 모습을 말이야! 누가 엿보기라도 했다면 어땠을까? 아니, 상관없어. 난 조금도 부끄럽지 않아. 하긴 부끄럽다는 감정 역시 젊음의 증거이니까. 그런데 내 자신이 늙어간다는 것을 어떻게 느끼게 되었는지 아나? 바로 이렇다네. 지금 난 즐거운 감정을 과장하고 쓸쓸한 마음은 밀어내려 애쓰고 있거든. 하지만 젊었을 때는 반대였다네. 우수와 권태는 보물처럼 아끼고, 쾌락의 폭발은 애써 잠재우려 했지…….

그런데 나의 친구 호라시오여, 그럼에도 불구하고 말이야, 지금껏 쌓아온 나의 모든 인생 경험에도 이 세상에서 아직 경험해보지 못한 것이 남아 있다는 느낌이야. 더구나 그 '무엇'이 가장 중요한 것일지도 모른다는 그런 생각.

아, 이렇게 부질없는 말까지 쓰고 말았군! 그럼, 잘 있게나! 다음에 또 쓰겠네. 자네는 지금 페테르부르크에서 무엇을 하고 있나? 참, 우리 집 요리사 사벨리가 자네에게 안부를 전해달라는군. 그도 나이를 먹었지만 많이 변하지는 않았네. 약간 살이 찌고 동작이 둔해진 것만 빼고 말이야. 여전히 삶은 알줄기를 넣은 닭국이며, 가장자리에 무늬를 넣어 만든 빵, 피구스 같은 것을 잘 만든다네. 그 유명한 초원의 요리, 피구스 말이야. 자네 혀를 새하얗게 만들고, 하루 종일 말뚝처럼 서 있게 만들었던 바로 그 요리. 고기를 얼마나 오래 익히는지 접시에 대고 두드리면 소리가 날 정도야, 마치 마분지 같아.

자, 그럼, 오늘은 이만!

자네의 친구 P. B로부터

같은 사람이 같은 사람에게 보내는

두 번째 편지

−1850년 6월 12일 M 마을에서

사랑하는 친구, 오늘은 자네에게 제법 중대한 소식을 전하려고 하네. 내 말을 들어보게나! 어제 난 식사를 하기 전에 잠시 산책을 하고 싶어졌어. 그것도 정원을 걷는 것만으로는 부족해서 거리로 통하는 한길을 따라 걸음을 옮겼지. 곧고 긴 길을 아무 목적 없이 걷는다는 것은 정말 기분 좋은 일이야. 남이 보기에 무슨 볼일이라도 있는 것처럼 서두르면서 말이야. 문득 앞을 보니까, 저 멀리 마차 한 대가 오더군. '설마 우리 집에 오는 건 아니겠지?' 속으로 두려움마저 느꼈어⋯⋯하지만 그건 기우였네. 마차 안에는 멋스럽게 콧수염을 기른 신사 한 사람이 앉아 있었는데 전혀 모르는 사람이었거든. 안도의 숨을 내쉬었지. 한데 마차가 내 옆에 왔을 때 신사가 갑자기 마부에게 말을 멈추게 하더니 공손히 모자를 벗어 인사를 하는 거야. 혹시 아무개 씨 아니냐며 내 이름을 말하더군. 하는 수 없이 나도 걸음을 멈추고 마치 재판에 나가는 피고처럼 용기를 내어, 네, 그렇습니다만, 하고 대답했지. 한편 나는 양처럼 순한 눈길로 낯선 콧수염 신사를 바라보며, 흐흠, 얼굴이 낯설지 않은데, 하고 생각했어.

"저를 모르시겠습니까?"

그 사이 신사가 마차에서 내리며 묻더군.

"글쎄요, 모르겠는데요."

"하지만 전 당신을 단번에 알아봤습니다."

나는 이렇게 말을 주고받는 사이 이 신사가 프리임코프라는 사실을 알았다네. 자네 생각나나? 우리 대학 동창 말이야. 친애하는 나의 친구여, 자네는 '그게 뭐 어쨌다는 거야?' 하고 이 순간 생각할 테지. 프리임코프? 상당히 싱겁고 평범한 친구였지. 못되지도 않고 그렇다고 멍청하지도 않은 그런 친구 말이야. 물론 맞는 말이지. 하지만 여보게. 그다음에 있었던 우리 대화를 좀 들어보게나.

"저는 당신이 우리 마을로, 게다가 우리 옆집으로 오신다는 말을 듣고 무척이나 기뻤습니다. 물론 기뻐한 사람은 저 말고 또 있습니다."

프리임코프가 이렇게 말했어.

"글쎄요, 대관절 누가 또 기뻐하셨는데요?"

나는 물었지.

"저의 아내입니다."

"부인이요?"

"네, 제 아내입니다. 당신과는 예전부터 아는 사이니까요."

"실례지만, 부인 성함이 어떻게 되시는지요?"

"베라 니콜라예브나입니다. 아내의 성은 옐초바라고 합니다."

"베라 니콜라예브나라고요!"

나는 나도 모르게 소리쳤다네.

바로 이것이 내가 이 편지 서두에서 말한 중요한 소식일세.

하지만 이렇게 말해도 자네는 뭐가 중대하다는 건지 여전히 납득이 가지 않을 테지……그래서 난 나의 과거……아주 먼 옛날 일을 잠깐 이야기하려고 하네.

우리가 183*년 대학을 졸업했을 때 나는 스물세 살이었어. 자네는 곧 관청에 들어갔고 나는 알다시피 베를린 유학을 가기로 결심했지. 하지만 베를린에서는 시월까지 할 일이 없었기 때문에 여름을 러시아에서 보내기로 마음먹었어. 이왕 떠나는 김에 시골에 묻혀 실컷 놀다가 독일에 가면 열심히 공부할 생각이었어. 이 계획이 얼마나 실현되었는지 지금 말할 필요는 없겠지. '그런데 어디서 여름을 보내지?' 하고 나는 생각했네. 고향에는 가고 싶지 않았어. 아버지가 돌아가신 지 얼마 되지 않았고 가까운 친척들도 없었거든. 난 외로움과 지루함이 두려웠어…….

그래서 사촌 아저씨뻘 되는 친척의 권유를 기쁜 마음으로 받아들여 그의 영지가 있는 T현에서 머무르기로 했네. 그는 부유하고 선량하며 담백한 지주였고 귀족다운 저택에서 호화롭게 생활하고 있었어. 난 그리로 갔네. 아저씨 집은 아들 둘에, 딸이 다섯인 대가족이었어. 게다가 집 안에는 늘 사람들로 북적거렸고 항상 손님이 끊이지 않았어. 나는 그게 마음에 들지 않았네. 소란스러운 시간이 흘러가는 동안 나는 도저히 조용하게 지낼 수 없었거든. 무슨 일이든지 모두가 힘을 합쳐 처리하고, 어떻게든 기분을 풀어보려 애쓰고, 무엇이든 생각해내려 기를 썼기 때문에 하루가 끝날 무렵 우리는 녹초가 되어버렸지. 내게는 이런 생활이 어쩐지 저속하다는 느낌마저 들었어. 그래, 기회를 봐서 떠날 생각을 하고 오로지 아저씨의 명명일이 오기만을 기다리고 있었다네. 그런데 바로 이 명명일의 무도회에서 나는 베라 니콜라예브나 옐초바를 만난 거야. 그리고 그냥 눌러앉고 말았지.

베라 니콜라예브나는 당시 열여섯 살이었어. 우리 아저씨 집에서 오 베르스타 정도 떨어진 자그마한 영지에서 어머니와 단둘이 살고 있었지. 소문에 의하면 베라 니콜라예브나의 아버지는 아주 유능해 단시일에 대령이 되었고 전도가 유망한 사람이었는데, 사냥을 나갔다가 친구가 잘못 쏜 총을 맞고 젊은 나이에 죽었다고 하더군. 그렇게 베라 니콜라예브나는 어릴 때 아버지를 잃게 되었지.

베라 어머니 역시 보통 여자와 달리 몇 개의 외국어를 자유자재로 구사하는 교양 있는 여자였어. 그녀는 남편보다 일곱 살인가 여덟 살 연상이었는데 두 사람은 연애결혼이었다고 하더군. 베라

아버지가 그녀를 집에서 몰래 데리고 나왔다는 거야. 그녀는 남편의 죽음을 매우 슬퍼하며 마지막 날까지(프리임코프의 말에 따르면 베라 어머니는 딸이 결혼하고 얼마 지나지 않아 세상을 떠났다는군) 검은색 상복만 입었다는 거야. 나는 지금도 베라 어머니 얼굴을 선명하게 기억하네. 표정이 풍부한 거무스레한 얼굴에 머리채는 짙은 잿빛이었고, 작고 오뚝한 콧날에, 생기 없고 커다란 눈동자는 엄해 보였어.

베라의 외할아버지는 라다노프라는 사람이었는데 이탈리아에서 약 십오 년간 살았다고 하더군. 외할머니는 알바노의 평범한 시골 여자였는데, 베라 어머니를 낳은 이튿날 예전 약혼자였던 트란스테베리아 출신 남자에게 살해되었어. 라다노프에게 애인을 뺏긴 것에 대한 앙갚음이었지……이 사건은 당시 상당한 스캔들을 일으켰다고 하네. 그 후 러시아로 돌아온 라다노프는 자기 집은 물론이고 서재에서 한 발자국도 나가지 않은 채 화학, 해부학, 신비 철학 등을 연구하며 인간의 수명을 연장시키고자 노력했어. 그리고 그는 영혼과 교류하거나 죽은 자를 불러낼 수 있다고 생각했지……동네 사람들은 모두 그를 마법사로 여겼다네. 그는 딸을 무척이나 예뻐해서 자신이 직접 딸의 교육을 맡았어. 하지만 베라 아버지와 도망친 것만은 끝까지 용서하지 않았고, 딸도 사위도 눈앞에 얼씬거리지도 못하게 한 뒤 두 사람에게 불행한 미래를 예언

하고는 쓸쓸히 혼자 눈을 감았다네. 과부가 된 베라 어머니는 모든 시간을 딸의 교육에 바치고 외부와 단절된 생활을 했어. 내가 베라 니콜라예브나와 알게 되었을 때, 글쎄, 그때까지 다른 도시에는 가본 적이 없다는 거야. 심지어 자신이 살고 있는 지역 내 도시조차 말이야.

베라 니콜라예브나는 여느 아가씨와는 달랐어. 그녀에게는 뭔지 모를 특별함이 느껴졌다네. 나는 처음 만났을 때 놀랄 만큼 차분한 몸짓과 말투에 깜짝 놀랐어. 어떤 일에도 신경을 쓰거나 걱정하는 법이 없었고 내 질문에는 솔직하고 현명하게 대답하며 조심스럽게 상대의 말을 경청할 뿐이었지. 표정은 아이처럼 순진하고 정직했지만 약간 싸늘하고 단조로운 면도 엿보였어. 그렇다고 깊은 생각에 잠기는 표정은 아니었지. 그녀가 쾌활해지는 일은 드물었어. 그런 경우에도 다른 여자와는 달랐지. 순수한 영혼의 빛이 그녀의 존재를 밝혀준다고나 할까. 키는 그다지 크지 않았지만 균형 잡힌 몸매에 날씬한 편이었지. 얼굴 윤곽은 뚜렷하면서도 섬세했어. 반듯하고 예쁜장한 이마, 빛나는 금발, 엄마를 닮은 오뚝한 콧날, 제법 도톰한 입술. 그리고 검은빛이 도는 잿빛 눈동자는 풍성한 속눈썹 밑에서 약간은 지나치게 상대를 똑바로 응시하는 듯한 인상을 주곤 했어. 손은 크지 않았고 그리 예쁜 편도 아니었어. 재능을 가진 사람의 손은 그렇지 않은데……사실 베라는 특별한 재능을 지니지는 않았어. 목소리는 마치 일곱 살짜리 어린애처럼 날카로운 톤이었고, 나는 아저씨의 무도회에서 그녀의 어머니와 인사를 나누었고 며칠 뒤 처음으로 그녀의 집을 방문하게 되었어.

옐초바 부인은 매우 이상한 여자였어. 성격이 뚜렷하고 고집이 세며 한 가지 일에 열중하는 성격이었지. 나는 부인에게서 강렬한 인상을 받아 그녀를 존경하기도 하고 어느 정도 두려워하기도 했네. 부인은 모든 것을 일정한 법칙에 따라 처리하는 성격이어서 자기 딸도 법칙에 따라 교육시켰지만 딸의 자유를 제한하는 일은 없었어. 딸은 어머니를 사랑했고 맹목적으로 신뢰했어. 예를 들어 어머니가 책을 주며 이 페이지는 읽지 말라고 하면, 그녀는 그 앞의 페이지부터 읽지 않았고, 물론 읽지 말라는 페이지에는 눈길조차 주지 않았지.

하지만 옐초바 부인은 자신만의 이데 픽세(idees fixes)⁶와 습관을 가지고 있었어. 예를 들어 그녀는 상상력을 자극할 우려가 있는 것은 무엇이든지 무서워했어, 마치 불처럼 말이야. 그래, 딸 역시 열일곱 살이 될 때까지 소설 한 권, 시 한 편 읽은 적이 없다는 거야. 대신 지리, 역사는 물론이고 자연과학에 대한 지식은 해박한 나를 당황하게 만들 정도였어. 자네도 기억하겠지만, 내 학부 성적이 그리 나쁜 편은 아니었지.

---

6 프랑스어로 '고정관념'.

어느 날 나는 옐초바 부인에게 그녀의 습관을 지적하려고 시도한 적이 있었어. 물론 부인이 워낙 과묵해서 대화에 끌어들이기란 여간 힘든 일이 아니었지. 그때 부인은 고개를 가로저을 뿐이었어.

"당신은요."

옐초바 부인이 드디어 입을 열더군.

"예술 작품을 읽는 것이 유익하기도 하고 즐겁기도 하다고 말씀하시지만요……제 생각에는요, 인생을 살면서 유익한 것이든, 즐거운 것이든, 둘 중 하나를 선택해야 해요. 그리고 그 선택은 영원한 거지요. 저도 언젠가 양쪽을 결합시키려 한 적이 있었어요…… 하지만 불가능해요. 그저 멸망하거나 저속해질 뿐이지요."

부인은 정말이지 놀랄만한 존재였어. 광신이나 미신 같은 게 있긴 했지만 정직하고 자긍심 높은 사람이었어.

"나는 사는 게 무서워요."

어느 날 부인이 나한테 그러더군. 실제로 부인은 인생을 두려워하고 있었어. 삶의 근저를 이루는 신비한 힘, 때때로 뜻하지 않게 표면 위로 드러나는 불가해한 힘을 그녀는 두려워했어. 그 힘이 자기 머리 위에 떨어진 사람은 불행할 수밖에 없겠지! 옐초바 부인에게 이 신비로운 힘은 가공할 정도로 명료하게 나타난 거야. 어머니의 죽음, 남편의 죽음, 아버지의 죽음……이쯤 되면 누군들

공포를 느끼지 않을 수 없을 걸세.

　나는 부인이 미소짓는 모습을 한 번도 본 적이 없어. 부인은 마치 마음의 자물쇠를 잠그고 열쇠는 물속에 던져버린 사람 같았어. 일생 동안 수많은 불행을 겪어왔음에도 불구하고 부인은 그 누구에게도 자신의 슬픔을 털어놓은 적이 없다네. 그저 마음속 깊이 간직하고 있을 뿐이었지. 자기감정을 자제하는 습관이 얼마나 몸에 배었는지 딸에 대한 지극한 사랑을 표현하는 것조차 부끄러워했어. 부인은 한 번도 내 앞에서 딸에게 키스한 적도 없고 친근하게 애칭으로 부르는 일도 없었어. 그저 '베라'라고만 불렀어. 나는 지금도 부인이 한 말을 기억하네. 언젠가 내가 우리 현대인들은 모두가 상처받은 사람들이라고 말한 적이 있었어……그러자 부인이 이렇게 대답하더군.

　"스스로에게 상처 입힌다는 것은 무의미한 일이에요. 자신의 존재 전체를 꺾어버리든가 아니면 아예 건드리지 않는 편이 나아요."

　옐초바 부인의 집에 출입하는 사람은 극히 드물었다네. 하지만 나는 자주 그 집을 방문했어. 부인 역시 나에게 호의를 가지고 있으리라 생각했지. 그리고 베라 니콜라예브나는 무척이나 마음에 들었다네. 우리는 자주 이야기를 나누고 산책을 하곤 했지……어머니는 별로 우리를 방해하지 않았지만 베라 스스로가 어머니와 떨어져 있는 것을 좋아하지 않았고 또 나 역시 베라와 단둘이 있어야 할 필요성을 느끼지도 못했지. 베라는 무엇을 곰곰이 생각할 때 소리 내 말하는 묘한 버릇이 있었다네. 그녀는 밤에 자면서 그날 받은 강한 인상에 대해 큰 소리로 말하곤 했어. 한 번은 내 얼굴을 빤히 보면서 평소 버릇대로 가볍게 턱을 괴더니, "B씨는 좋은 분 같지만 완전히 신뢰할 수는 없어." 이렇게 말하는 거야. 우리 두 사람의 관계는 무척 친밀하고 한결같았지. 단지 이따금 그녀의 맑은 눈동자 깊숙한 곳에서 뭔가 기묘한 것, 일종의 만족감과 상냥함을 본 듯한 느낌을 받았어……어쩌면 내가 잘못 생각한 것인지도 모르지만.

그러는 동안 시간이 흘러 이제는 떠날 준비를 해야 했다네. 하지만 나는 여전히 꾸물거리고 있었지. 얼마 후에는 이 귀여운 소녀를, 이토록 내 마음을 사로잡은 소녀를 더 이상 볼 수 없다고 생각하니 가슴이 찢어지는 것 같았어……베를린은 예전의 매력을 잃어갔지. 나는 마음속에서 일어나는 변화를 스스로 인정할 만한 용기가 없었고, 또 무엇이 마음속에서 일어나고 있는지 정확히 알수도 없었어. 마치 마음속에 자욱한 안개가 끼어 있는 것 같았지. 그러던 어느 날 아침 모든 것이 명백해졌네. '더 이상 무엇을 찾으려는 거냐?' 난 생각했어. '어디로 가려는 거지? 아무리 애써봐야 진리란 손에 잡히는 게 아닌데 말이야. 오히려 여기 남아 결혼하

는 편이 좋지 않을까?'

그런데 이 결혼이라는 것도 그때 나에겐 전혀 위협이 아니었네. 도리어 나는 아주 기뻤어. 그래서 그날 즉시 내 계획을 말하러 갔어. 자네도 예상했겠지만, 베라가 아니라 옐초바 부인에게 갔지. 노부인은 물끄러미 나를 바라보더니 이렇게 말하더군.

"아니요. 당신은 베를린으로 가서 좀 더 상처를 입고 돌아오세요. 당신은 선량한 분이지만 베라에게 필요한 사람은 아니에요."

나는 당황하여 눈을 내리깔았고 얼굴은 홍당무처럼 빨개졌지. 그리고 자넨 놀라겠지만 나는 이내 옐초바 부인의 의견에 동의하고 말았다네. 일주일 후 난 그곳을 떠났고 그로부터 지금까지 부인도 베라도 더 이상 만나지 못했어.

내 연애 이야기는 여기까지야. 대충 간추려서 말했네. 자네가 워낙 '장황하게 늘어놓는' 걸 싫어하니까. 베를린에 도착한 후 베라는 내 기억 속에서 빠르게 잊혀졌지……하지만 프리임코프가 전한 뜻밖의 소식에 난 묘한 흥분감에 사로잡혔어. 베라가 이렇게 가까운 곳에 살고 있으며 더구나 이제 곧 그녀를 만나게 된다고 생각하니 도무지 믿어지지가 않았어. 마치 깊은 땅속에 있던 과거가 부활해 별안간 내 앞을 가로막고 서서히 내게로 다가오는 것 같았지. 프리임코프는 우리의 과거 인연을 다시 재개해볼 요량으로 나를 찾아와 가까운 시일 내에 자기 집을 찾아 주었으면 고맙겠다고 말하더군. 그의 말에 따르면, 자신은 기병대에 근무하다가 중위로 퇴역했고 여기에서 팔 베르스타 정도 떨어진 곳에 영지를 구입했는데 앞으로는 농지 경영에 전념할 생각이라더군. 또 아이 셋이 있었지만 그중 둘은 죽고 지금 남아 있는 아이는 다섯 살짜리 딸 하나뿐이고.

"부인도 절 기억할까요?"

내가 물었지.

"그럼요, 기억하고 있습니다."

잠시 머뭇거리더니 그가 대답했어.

"아내는 당시 어린애였지만 장모님은 항상 당신을 칭찬하셨지요. 그리고 당신도 아시다시피 아내는 어머니 말이라면 일언반구도 소홀히 하지 않으니까요."

순간 내 머릿속에 옐초바 부인이 나에게 한, 내가 베라의 신랑감에 적합하지 않다는 말이 떠올랐어……'그래, **자넨** 신랑감이라는 말이군.' 나는 프리임코프를 곁눈질하며 잠시 생각에 잠겼지. 그는 우리 집에서 몇 시간쯤 앉아 있다가 돌아갔어. 프리임코프는 매우 선량하고 호감이 가는 사람이었네. 겸손한 말투와 선한 인상은 사람을 끄는 뭔가가 있었어…… 하지만 지적인 부분은 뭐랄까, 대학 시절보다 진전을 보지는 못한 모양이더군. 나는 반드시 그의 집을 찾아갈 생각이네. 어쩌면 내일 당장 갈지도 모르지. 베라는

지금 어떤 모습일까? 한시라도 빨리 보고 싶어 견딜 수가 없을 정
도야.

자네는 그 짓궂은 버릇대로 지금쯤 부장 책상에 앉아 나를 비웃
고 있을 테지. 하지만 어쨌든 나는 그녀가 어떤 인상을 주었는지
자네에게 꼭 전할 생각이네. 그럼 잘 있게! 다음에 또 쓰겠네.

자네 친구 P. B로부터

같은 사람이 같은 사람에게 보내는

세 번째 편지

-1850년 6월 16일 M 마을에서

　여보게, 친구, 드디어 베라 집에 가서 그녀를 만났네. 우선 놀랄 만한 사실을 알려야겠어. 자네가 믿든 말든 그건 자네 마음인데, 글쎄, 그녀는 얼굴도 모습도 거의 변한 데가 없었어. 그녀가 마중 나왔을 때 나는 하마터면 앗, 하고 소리를 지를 뻔했다네. 예전 열일곱 살 소녀의 모습 그대로였어! 단지 눈은 그때와 달랐어. 하긴 어릴 때도 애들 눈 같지는 않았어. 뭐랄까, 지나치게 투명했지. 하지만 예전 같은 침착함, 쾌활함, 게다가 목소리까지 똑같았고 이마에는 주름살 하나 없는 거야. 마치 지난 십여 년 동안 깊은 눈 속에 파묻혀 있다 나온 것 같아. 하지만 지금 그녀의 나이는 스물여덟 살이고 아이도 셋씩이나 낳았지……정말 불가사의한 일이야! 여보게, 제발 내가 선입견 때문에 과장하고 있다고는 생각하지 말아주게. 오히려 내게는 그런 '변치 않음'이 마음에 안 들었어.

　한 사람의 아내이자 어머니인 스물여덟 살의 여인이 소녀 같다니. 있을 수 없는 일이지. 인생이 무의미하게 흘렀을 리는 만무하니까. 그녀는 무척이나 반갑게 나를 맞아주었네. 그리고 프리임코프는 한술 더 떠서 나를 보자 뛸 듯이 기뻐하더군. 이 호인은 뭔가 애착의 대상을 만들고 싶어 하는 것 같았어. 집은 아늑하고 깨끗하더군. 베라 니콜라예브나는 옷차림까지도 소녀 취향이었어. 온통 새하얀 옷에 파란색 허리띠를 두르고 목에는 가느다란 금목걸이를 하고 있었어. 베라의 딸은 무척이나 귀엽더군. 엄마와는 전혀 닮지 않았고, 외할머니를 연상시켰어. 거실의 소파 위에는 그 이상한 여인의 초상화가 걸려 있더군. 실물과 너무도 똑같았어. 나는 거실에 들어서자 제일 먼저 그 초상화가 눈에 들어왔네. 초상화 속 부인은 엄격한 눈빛으로 조심스레 나를 응시하는 것 같았어.

우리는 자리에 앉아 옛날을 회상하며 잠시 이야기를 나누었어. 나는 자신도 모르게 옐초바 부인의 음울한 초상화를 올려다보곤 했지. 베라 니콜라예브나는 바로 그 초상화 아래에 앉아 있었는데 그녀가 제일 좋아하는 자리라더군. 그런데 여보게, 내 놀라움을 좀 상상해보게. 글쎄, 베라 니콜라예브나는 여전히 한 권의 소설도 한 편의 시도 읽어보지 못했다는 거야. 한마디로 말해서 그녀 표현에 따르면 상상력의 산물은 한 번도 읽은 적이 없다는 거야! 최상의 만족에 대한 이 불가사의한 무관심은 나를 분노케 만들었네. 이토록 지적이고, 또 내가 판단하는 한 섬세한 감성을 지닌 여성에게 있어서 이것은 도저히 용서할 수 없는 일이었어.

"어째서입니까? 그런 책은 절대 읽지 않겠다는 맹세라도 하신 겁니까?"

나는 물었어.

"그렇게 됐어요. 시간도 없었고요."

그녀가 대답하더군.

"시간이 없었다고요! 놀랍군요! 하다못해 당신이라도……부인에게 그런 취미를 붙이도록 하시지 않고요."

나는 프리임코프를 보며 말을 계속했어.

"저야 기꺼이 그러려고 했습니다만……."

프리임코프가 입을 열었지만 베라 니콜라예브나가 그의 말을 가로채더군.

"거짓말 말아요. 당신도 시를 안 좋아하잖아요?"

"물론 시는 그렇지. 하지만 소설은……."

그는 다시 말을 시작했지.

"그럼 당신은 무엇을 하십니까? 밤마다 뭘 하세요? 카드놀이라도 하시나요?"

내가 물었네.

"가끔 카드놀이도 해요. 그 밖에도 할 일은 많아요. 책도 읽어요. 시 말고도 좋은 책은 많으니까요."

그녀가 대답했어.

"왜 그렇게 시를 공격하시나요?"

"공격하는 게 아니에요. 그저 어려서부터 그런 공상의 산물은 읽지 않는 게 습관이 되었어요. 어머니가 원하시는 것이기도 했지만요. 또 세상을 살면 살수록 저는 어머니가 하신 일이며 어머니 말씀 그 모두가 진리였다는 것을, 신성한 진리였다는 것을 확신하게 되거든요."

"그야 물론 당신 마음이지만, 저는 도저히 그 말에 동의할 수 없군요. 당신은 인생에서 가장 순수하고 가장 정당한 기쁨을 무의미하게 배척하고 있다고 생각합니다. 당신은 음악이나 그림을 거부하진 않잖아요? 그런데 왜 시를 거부하는 거죠?"

"난 시를 거부하는 게 아니에요. 그저 지금까지 시를 읽지 않았을 뿐이죠. 단지 그뿐이에요."

"그렇다면 제가 그 일을 맡도록 하죠! 당신 어머니도 평생 문학 작품을 금지시킨 것은 아닐 테니까요."

"네, 제가 결혼했을 때 어머니는 모든 금지 사항을 풀어주셨어요. 다만 제 의식 속에서 선뜻 받아들여지지가 않았어요……뭐라고 하셨죠?…… 그러니까 한마디로 말해서 소설 같은 거 말이에요."

나는 의혹의 눈초리를 보내며 듣고 있었다네. 나로서는 예기치 못한 일이었거든.

베라는 침착한 시선으로 나를 바라보았네. 새들이 두려움을 느끼지 않을 때 흔히 이런 눈빛으로 쳐다보곤 하지.

"다음에는 책을 가져오죠!"

나는 큰 소리로 말했어(내 머릿속에는 최근에 읽은 『파우스트』가 떠올랐네).

베라 니콜라예브나는 가볍게 한숨을 내쉬더군.

"혹시 그것은……조르주 상드가 아니겠지요?"

그녀는 다소 겁에 질린 어조로 물었다.

"아! 당신도 상드의 이름은 알고 계시군요? 뭐, 상드라 해도 상관없겠지요……하지만 아닙니다. 다른 작가의 책을 가져오겠습니다. 아직 독일어를 잊어버리지는 않으셨지요?"

"네, 잊지 않았어요."

"아내는 독일 사람처럼 말하지요."

프리임코프가 곁에서 한마디 거들었어.

"그럼 좋습니다! 내가 가져오죠……기대해보세요, 얼마나 훌륭한 책을 가져오는지."

"네, 기대하겠어요. 그건 그렇고 정원에 나가지 않겠어요? 나타샤가 밖에 나가고 싶어 난리네요."

베라는 둥근 밀짚모자를 썼네. 딸의 것과 똑같은 어린이용 모자였는데 크기만 좀 다를 뿐이었어. 이윽고 우린 모두 정원으로 나갔고 난 베라와 나란히 걸었어. 상쾌한 공기 속에서 높은 보리수 그늘에 감싸인 그녀의 얼굴은 더없이 사랑스러워 보이더군. 특히 모자 차양 밑으로 나를 보려고 살며시 몸을 돌리며 고개를 뒤로 젖혔을 때는 정말 말할 수 없이 귀여웠어. 만일 뒤에서 걷고 있는 프리임코프와 앞에서 깡총거리며 뛰고 있는 나타샤만 없었다면 나는 내가 지금 서른다섯이 아니라 스물셋의 청년이라고 생각했을 거야. 글쎄, 지금 막 베를린 유학을 준비하고 있는 듯한 느낌마저 들더라니까. 게다가 우리가 걷고 있는 정원은 옐초바 부인 댁 정원과 너무도 비슷해서 더욱 그런 생각이 들었지. 난 도저히 참을 수가 없어 내가 느낀 인상을 베라 니콜라예브나에게 털어놓았다네.

"모두들 그렇게 말하더군요. 제 외모가 변하지 않았다고요. 제 내면 역시 그대로예요."

베라가 대답했어.

이윽고 우리는 중국식으로 꾸민 자그마한 정자에 다가갔네.

"이런 식의 정자는 우리 오시노프카 마을에는 없었지요. 겉으로 보기에는 허물어지고 바랬지만요, 안에 들어가면 너무 좋아요, 서늘하거든요."

그녀가 말했어.

우리는 정자 안으로 들어갔어. 나는 주위를 둘러보며 말했지.

"저, 베라 니콜라예브나. 다음에 내가 여기 올 때까지 테이블 하나와 의자 몇 개를 갖다 놓도록 해주세요. 정말 멋진 곳이군요. 여기서 읽어드리지요……괴테의 『파우스트』요……바로 당신께 읽어드릴 책입니다.”

“네. 여긴 파리가 없으니까요. 그런데 언제 오시겠어요?”

베라가 무심하게 말하더군.

“모레요.”

“좋아요. 그렇게 일러두지요.”

그녀가 대답했어.

이때 우리와 함께 정자로 들어온 나타샤가 갑자기 악, 하고 소리를 지르더니 창백해진 채 흠칫 뒤로 물러나는 거야.

“왜 그러니?”

베라 니콜라예브나가 물었어.

“악, 엄마!”

소녀가 손가락으로 한쪽 구석을 가리켰어.

“저기 무서운 거미가 있어!”

베라 니콜라예브나가 그쪽을 쳐다보았어. 거기에는 커다란 거미 한 마리가 천천히 벽을 기어오르고 있었지.

“아니, 이런 게 뭐가 무섭다는 거니? 안 물어. 자, 봐라.”

그리고 베라는, 미처 내가 말릴 틈도 없이 더러운 거미를 손으로 집더니 손바닥 위에 올려놓고 잠시 기어가게 한 뒤 휙 밖으로 던지는 거야.

“정말 용감하시네요!”

내가 외쳤지.

"어머, 이게 뭐가 용감해요? 이 거미는 독이 없어요."

"당신은 여전히 자연과학에 대한 지식이 대단하시군요. 난 손으로 집지도 못했을 겁니다."

"저런 건 조금도 무섭지 않아요."

그녀가 되풀이해서 말했네.

나타샤는 잠자코 우리 두 사람을 바라보더니 활짝 웃더군.

"저 애는 당신 어머니를 꼭 닮았군요!"

내가 말했지.

"그래요. 저는 그게 정말 기뻐요. 제발 닮은 것이 얼굴만이 아니기를 바랄 따름이에요!"

베라 니콜라예브나가 만족한 미소를 띠며 말하더군.

그때 식사 준비를 알리더군. 나는 식사를 끝내고 작별을 고했어. 엔베(NB).[7] 식사는 정말 훌륭하고 맛있었네. 이것은 식도락가인 자네를 위해 특별히 괄호 안에 넣어 설명을 붙인 것일세! 내일은 베라 니콜라예브나 집에 『파우스트』를 가지고 갈 생각이야. 부디 노작가 괴테와 함께 망하는 건 아닌지 걱정이네. 아무튼 이 얘기는 나중에 자세히 설명하겠네.

그런데 자네는 지금까지 일어난 이 모든 일을 어떻게 생각하

---

7 Nota Bene의 약자로 '주(註)'라는 뜻.

나? 아마……그녀의 강렬한 인상 때문에 내가 홀딱 반했다고 생
각하는 건 아닐 테지? 친구, 그건 말도 안 되는 소릴세! 나도 그럴
때는 지났으니까. 지금까지의 바보짓만 해도 충분하니까 말이야!
이 나이에 인생을 다시 시작할 수는 없는 노릇이지. 그리고 옛날
에도 난 그런 타입은 별로 좋아하지 않았어……그럼 내가 좋아하
는 여자는 어떤 타입일까?

나는 전율을 느끼네 가슴이 아프오.
내가 숭배했던 그대들 부끄러워라.

어쨌든 나는 이 이웃과의 교제를 아주 기쁘게 생각하네. 또 이
총명하고 단순하고 멋진 여인과 만날 수 있게 된 것도 기뻐. 앞으
로 어떻게 될지 때가 되면 자네도 알게 되겠지.

자네 친구 P. B로부터

네 번째 편지

-1850년 6월 20일 M 마을에서

친구. 어제 문학 낭독의 시간을 가졌네. 그때 이야기는 차차 하기로 하고 우선 낭독이 뜻밖의 성공을 거두었다는 사실을 먼저 이야기해야겠네……물론 '성공'이란 표현은 적절하지 않지만…… 그러니까, 내 말을 좀 들어보게. 나는 식사 시간에 맞춰 베라네 집에 도착했어. 식탁에 둘러앉은 사람은 모두 여섯 명이었지. 베라 니콜라예브나, 프리임코프, 딸, 가정교사(눈에 띄지 않는, 전체적으로 하얀 여자였어), 나 그리고 어떤 늙은 독일인. 독일인은 갈색의 짧은 연미복 차림에 깨끗이 면도를 한 모습이었는데 무척 상냥하고 정직해 보였어. 그는 치아 없는 독특한 미소를 띤 채 치커리 커피 향내를 연신 풍기고 있었지……나이 든 독일인은 으레 이런 냄새를 풍기게 마련이야. 나는 노인과 인사를 나누었어. 쉼멜이라는 이름의 그는 프리임코프의 이웃에 사는 X공작의 독일어 선생이었어. 베라 니콜라예브나는 이 노인에게 상당한 호의를 갖고 있어서 낭독에도 초대한 거야. 늦은 식사를 마친 우리는 한동안 식탁에 앉아 있었어. 얼마 후 우리는 산책을 나갔지. 무척이나 좋은 날씨였어. 아침에는 비가 오고 바람도 불었는데 저녁쯤 모든 것이 고요해졌어. 우리는 확 트인 풀밭으로 걸어 나갔지. 하늘에는 거대한 분홍빛 구름이 두둥실 떠 있고 그 위에 몇 줄기의 잿빛 무늬가 연기처럼 흘러가더군. 구름 가장자리에는 작은 별이 보일 듯 말 듯 반짝이고 있었네. 조금 떨어진 곳에는 붉게 타오르는 저녁놀을 배경으로 하얀 초승달이 떠올라 있었어. 나는 베라 니콜라예브나에게 구름을 가리켜 보였네.

"그래요. 정말 아름답군요. 그런데 저쪽을 좀 보세요."

그녀가 말했어.

나는 그녀가 말하는 곳을 보았어. 거대하고 검푸른 먹구름이 지는 해를 가리며 뭉게뭉게 치솟고 있는 것이 아닌가. 그 모습은 흡사 불을 뿜는 화산 같았고 그 꼭대기는 분화구 연기처럼 넓게 하늘에 퍼져 있었어. 그 가장자리에는 불길한 인상을 주는 붉은빛이 뚜렷한 윤곽으로 주위를 에워싸고 있었는데 오직 한 곳, 가운데 부분만이 마치 작열하는 화산에서 분출하듯 진홍빛 광선 하나가 거대한 구름을 뚫고 나오더군…….

"소나기가 오겠군."

프리임코프가 말했네.

그런데 또 이야기가 엉뚱한 데로 가고 있군. 지난번 편지에서 깜빡 잊고 쓰지 못했는데, 프리임코프 가족과 헤어지고 집에 돌아왔을 때 나는 『파우스트』를 택한 것을 후회했었네. 이왕 독일 작가를 택하기로 했다면 처음에는 실러가 더 좋은데 말이야. 특히 내가 걱정한 것은 그레트헨과 만나기까지의 몇몇 장면이었어. 메피스토펠레스에 관해서도 역시 마음이 놓이지 않았네. 하지만 나는 그때 『파우스트』의 매력에 사로잡혀 있었기 때문에 다른 것은 도무지 읽을 마음이 나지 않았어.

완전히 어두워졌을 무렵 우리는 중국식 정자로 향했어. 모든 준비가 되어 있었어. 문 맞은편에는 양탄자가 덮인 둥근 테이블과 몇 개의 소파, 의자가 놓여 있더군. 테이블 위에는 램프가 켜져 있었어. 나는 긴 의자에 앉아 책을 꺼냈지. 베라 니콜라예브나는 약간 떨어진 채 입구 가까이의 소파에 자리를 잡았어. 바깥의 어둠 속에서 푸른 아카시아 가지가 램프 불빛에 반사되어 가볍게 흔들렸고, 이따금 밤공기가 방 안으로 밀려들어오곤 했지. 프리임코프는 내 옆에 앉았고 독일인은 그 옆에 앉았어. 가정교사는 나타샤와 함께 집에 남았어. 나는 낭독에 앞서 파우스트 박사에 관한 옛 전설과 메피스토펠레스의 의의, 괴테에 대해 간단히 설명하고, 만일 낭독 중에 궁금한 게 있으면 낭독을 멈추고 질문해도 좋다고 부탁했네. 그리고 나서 헛기침을 한 번 했어……프리임코프는 설탕물이 필요하지 않느냐고 물었어. 그는 자기가 이런 질문을 했다는 사실에 무척이나 만족스러운 듯한 눈치였어. 나는 사양했지.

순간 깊은 침묵이 흘렀네.

나는 시선을 들지 않고 낭독을 시작했네. 왠지 쑥스럽고 가슴이 두근거리고 목소리도 떨리더군. 먼저 독일인의 입에서 탄성이 터져 나왔어. 그리고 낭독하는 내내 오직 독일인만이 정적을 깨뜨리며 "놀라워! 대단해!"를 되풀이하거나 "그래, 그게 바로 심오한 부분이지!"라고 덧붙였어. 프리임코프는 지루해하는 것 같더군. 독일어도 잘 모르고 시는 좋아하지 않는다고 본인이 말하기도 했으니까 말이야……하지만 자진해서 참석했으니 뭐 어쩌겠나! 나는 식사 때 그에게 군이 낭독에 참석하지 않아도 된다고 암시하려고 했지만 차마 그렇게 말할 수는 없었네.

베라 니콜라예브나는 꼼짝도 하지 않더군. 나는 두어 번 그녀를 힐끔 쳐다보았지만 그녀의 두 눈은 나를 똑바로 응시하고 있었고 얼굴은 창백해 보였어. 파우스트가 그레트헨과 처음 만나는 장면을 낭독할 때 그녀는 의자에서 몸을 일으키고 두 손을 모은 채 그 자세를 끝까지 유지했네. 나는 프리임코프가 지루해한다는 것을 느끼고 힘이 빠졌지만 잠시 후에는 까맣게 잊어버리고 다시 정열적으로 읽어 내려갔어……난 오직 베라 니콜라예브나 한 사람을 위해 읽은 거야. 내 안의 목소리는 『파우스트』가 그녀에게 깊은 인상을 주었음을 나에게 말해주었지.

낭독이 끝났을 때(인테르메조는 생략했네. 작풍으로 봐서 이것은 제2

부에 속하는 것이고, 또 「브로켄의 밤」도 일부는 건너뛰었어)……내가 낭독을 마쳤을 때, '하인리히!'라는 마지막 말이 울려 퍼졌을 때, 독일인은 감격에 젖은 목소리로, "오, 하느님! 정말 훌륭해요!" 하고 외쳤지. 프리임코프도 기쁘다는 듯(불쌍한 사람!) 벌떡 자리에서 일어나 한숨을 내쉬더니 낭독으로 인한 즐거움에 대해 감사하기 시작했어……하지만 난 그에게 아무 대답도 하지 않았네. 가만히 베라 니콜라예브나를 바라보았지……그녀의 입에서 무슨 말이 나올지 듣고 싶었어. 베라 니콜라예브나는 자리에서 일어나 머뭇거리며 입구로 걸어갔지. 그렇게 잠시 문가에 서 있더니 가만히 밖으로 나가버리더군. 나는 그 뒤를 따라 나갔어. 베라 니콜라예브나는 벌써 대여섯 걸음 앞서 걸어가고 있었는데, 그녀의 옷이 어둠 속에서 희미하게 어른거렸어.

"어땠습니까? 마음에 안 드셨나요?"

나는 큰 소리로 물었네.

베라 니콜라예브나는 걸음을 멈추더군.

"그 책을 좀 빌릴 수 있나요?"

그녀의 목소리가 들려왔어.

"그 책을 당신께 선물하죠, 베라 니콜라예브나, 만일 당신이 갖고 싶다면요."

"고마워요!"

그녀는 대답하고 모습을 감추었네.

프리임코프와 독일인이 내 옆으로 다가오더군.

"정말 더운 날씨군요! 숨 쉬기가 힘들 정도예요. 그런데 아내는
어디 갔습니까?"

프리임코프가 말했어.

"집으로 가신 것 같습니다."

내가 대답했지.

프리임코프가 다시 말했어.

"곧 밤참 시간이군요."

그리고 잠시 후 덧붙였어.

"그런데 낭독을 참 잘하세요."

"『파우스트』가 부인 마음에도 드신 것 같습니다."

내가 말했지.

"그야 물론이지요!"

쉼멜이 맞장구를 치더군.

우리는 집 안으로 들어갔네.

"마님은 어디 계시지?"

프리임코프가 마중 나온 하녀에게 물었어.

"침실로 들어가셨어요."

프리임코프는 침실로 갔고, 나와 쉼멜은 테라스로 나갔지. 노인

은 하늘을 쳐다보더군.

"별이 엄청 많군요!"

쉼멜은 담배 냄새를 한 번 맡고 나서 천천히 말했어.

"저것들도 각각 하나의 세계지요."

그런 다음 다시 한 번 담배 냄새를 맡더군.

나는 그 말에 대답할 필요성을 느끼지 않았기 때문에 잠자코 하늘만 쳐다보았지. 그러자 신비로운 의구심이 내 마음을 괴롭혔어……별들도 심각하게 우리 두 사람을 응시하는 듯한 생각이 들더군. 한 오 분쯤 지났을까. 프리임코프가 나타나서 우리를 식당으로 안내했어. 이윽고 베라 니콜라예브나도 왔지. 우린 각자 자리를 잡고 앉았어.

"제 아내를 좀 보세요."

프리임코프가 나에게 말했어.

나는 그녀를 쳐다보았지.

"어떻습니까? 뭔가 달라졌는데 눈치채셨나요?"

물론 나는 그녀 얼굴에서 어떤 변화를 발견했지만 무슨 이유에서인지는 몰라도 이렇게 대답하고 말았네.

"글쎄요, 잘 모르겠는데요."

"눈이 빨갛지 않습니까?"

프리임코프는 이렇게 말을 했지만 나는 아무 말도 하지 않았네.

"글쎄, 내가 이 층에 올라가보니 아내가 울고 있지 뭡니까? 전에 없던 일이라서. 당신에게 말씀드리지만, 아내가 눈물을 보이기는 사샤가 죽고 처음 있는 일입니다. 당신이 가져온 『파우스트』가 이런 소란을 일으킨 것이지요."

"그러니까, 베라 니콜라예브나. 저의 말이 옳다는 것을 아셨겠죠. 그때……."

나는 입을 열었네.

"저도 예상치 못한 일이에요."

베라가 내 말을 중단시키며 말하더군.

"당신이 옳은지 어떤지는 아직 모르겠어요. 아마도 어머니가 그런 책을 읽지 못하게 하신 것도 어쩌면 그것을 알고 계셨기 때문인지도……."

베라 니콜라예브나는 갑자기 입을 다물었어.

"무엇을 알고 계셨다는 말입니까? 말씀해주세요."

내가 캐물었지.

"무엇 때문에 그런 말을 해요? 그렇지 않아도 내가 왜 울었는지 부끄러울 지경인데요. 하여튼 나중에 천천히 말할 기회가 있을 거예요. 이해가 안 되는 부분이 너무 많으니까요."

"그렇다면 어째서 낭독을 중단시키지 않았습니까?"

"말은 모두 이해했어요, 그리고 의미도요. 하지만……."

베라는 말끝을 흐리며 생각에 잠겼어. 순간 갑자기 바람이 몰아쳤고 정원의 나뭇잎이 요란한 소리를 내며 흔들렸어. 베라 니콜라예브나는 움찔거리며 열린 창 쪽으로 고개를 돌리더군.

"내가 말했잖아요, 소나기가 올 거라고! 그런데 여보, 당신 왜 이렇게 떠는 거요?"

프리임코프가 큰 소리로 말했지.

베라 니콜라예브나는 말없이 남편을 쳐다보더군. 저 멀리서 번개가 번쩍하더니 그녀의 굳은 얼굴에 신비로운 빛을 던졌어.

"이 모두가 『파우스트』 덕분이군."

프리임코프가 말을 계속했네.

"식사가 끝나거든 곧 잠자리에 들어야 될 것 같군요……그렇지요, 쉼멜 씨?"

"정신적 만족 후의 육체적 휴식이란 유익하기도 하고 필요하기도 합니다."

선량한 독일인은 이렇게 말한 뒤 보드카 잔을 비우더군.

식사가 끝나자 우리는 곧 그 자리를 물러났어. 나는 베라에게 인사를 하며 그녀의 손을 잡았지. 손은 얼음장같이 차가웠어. 나는 나를 위해 준비된 방으로 돌아가서 옷을 갈아입었고 잠자리에 들기 전 오랫동안 창가에 서 있었네. 프리임코프의 예상은 정확했어. 소나기가 점점 가까워지는가 싶더니 드디어 비가 억수같이 퍼

붓기 시작하더군. 나는 울부짖는 바람 소리와 세차게 쏟아지는 빗소리를 들으며 호숫가 근처 교회를 바라보았지. 교회는 번개가 칠 때마다 하얀 배경 위에 검게 혹은 검은 배경 위에 하얗게 그 모습을 불쑥 드러냈다가 홀연히 어둠 속으로 사라지곤 했어……하지만 내 마음은 아득히 먼 곳을 방황하고 있었지. 베라 니콜라예브나를 생각하고 있었네. 베라 니콜라예브나가 직접 『파우스트』를 읽고 난 뒤 과연 그녀는 무슨 말을 할까 상상하기도 하고, 그녀의 눈물에 대해 생각하기도 하고, 낭독을 듣고 있을 때 그녀 모습을 떠올리기도 하면서 말이야.

소나기는 오래전에 물러가 어느새 별이 총총히 빛나고 주위는 고요히 잠들었어. 어느 이름 모를 새 한 마리가 온갖 소리로 지저귀며 같은 음절을 몇 번이고 되풀이하더군. 낭랑하고 외로운 소리는 깊은 정적 속에서 묘하게 느껴졌네. 나는 여전히 잠자리에 들지 못하고 있었어…….

다음 날 아침 나는 누구보다 먼저 거실로 내려가 옐초바 부인의 초상화 앞에 걸음을 멈추었지. '자, 어때요?' 냉소적인 승리감을 느끼며 난 마음속으로 부인에게 말을 건넸어. '드디어 당신 딸에게 금지된 책을 읽어주었습니다!' 그런데 갑자기 이상한 느낌이 들었어. 자네도 알다시피 초상화의 눈은 언제나 바라보는 사람 쪽을 똑바로 쳐다보는 것 같이 생각되는데……이때는 정말 노부인이 나무라는 표정으로 나를 노려보고 있는 듯한 느낌이 드는 거야.

나는 고개를 돌리고 창가로 걸어갔네. 그러자 베라 니콜라예브나의 모습이 눈에 들어왔어. 베라 니콜라예브나는 양산을 어깨에 걸치고 얇고 하얀 수건을 머리에 두른 채 정원을 걷고 있더군. 나는 곧 밖으로 나가 그녀에게 인사를 건넸지.

"밤새 한숨도 못 잤어요. 머리가 아파서요. 바깥 공기라도 마시면 좀 나을 것 같아 나온 거예요."

그녀는 말했어.

"어제 내가 읽어드린 책 때문인가요?"

내가 물었어.

"물론이지요. 익숙하지 않으니까요. 당신의 책 속에는 피하려 해도 피할 수 없는 무엇이 있어요. 그것 때문에 머리가 불타는 것 같아요."

베라 니콜라예브나는 이마에 손을 얹으며 말했어.

"그건 참 좋은 일이군요. 다만 한 가지 걱정되는 것은 불면증과 두통 때문에 그런 것을 읽고자 하는 당신의 의지가 꺾이지나 않을까 하는 점입니다."

나는 말했지.

"그렇게 생각하세요?"

그녀는 이렇게 되묻더니 걸음을 옮겨 야생의 재스민 가지를 꺾어 들더군.

"글쎄요! 하지만 제 생각에는 일단 그 길에 발을 들여놓으면 다시는 되돌아가지 못할 것 같은데요."

베라 니콜라예브나는 갑자기 재스민 가지를 옆으로 홱 던져버리더군.

"저기 정자로 가서 앉아요."

그녀가 계속 말을 했어.

"그리고 제발 부탁인데요, 제가 먼저 말하기 전에는……그 책에 대해 언급하지 말아주세요(그녀는 마치 '파우스트'라는 단어를 입 밖에 내는 것조차 두려워하는 것 같았어)."

우리는 정자로 들어가 앉았다네.

"저는 『파우스트』에 대해 말하지 않겠습니다."

내가 먼저 입을 열었어.

"하지만 당신을 축하하게 해주십시오. 그리고 당신이 부럽습니다."

"제가 부럽다고요?"

"그렇습니다. 이젠 당신이 어떤 사람인지 알았기 때문에 말씀드리는 것이지만, 당신처럼 순수한 영혼을 가진 사람은 앞으로 큰 정신적 행복을 누릴 겁니다. 괴테 말고도 위대한 시인이 많습니다. 셰익스피어, 실러……그리고 우리의 푸슈킨……푸슈킨은 반드시 읽어야 합니다."

베라 니콜라예브나는 모래 위에 말없이 양산 끝으로 글을 쓰고 있었어.

아, 이보게 친구! 그 순간 베라 니콜라예브나가 얼마나 아름다웠는지 자네한테 보여주지 못한 것이 아쉽기만 하네! 투명할 정도로 창백한 얼굴을 다소곳이 앞으로 숙인 채 피곤한 얼굴, 내적 평정심은 잃었지만 여전히 창공처럼 빛나는 그 얼굴을 말이야! 나는 한참 동안 이야기를 계속하다가 이윽고 입을 다물었네. 그리고 말없이 앉아 조용히 그녀를 바라보았지…….

베라 니콜라예브나는 고개를 들지 않고 여전히 양산으로 글자를 쓰거나 쓴 것을 지우고 있었어. 이때 갑자기 재빠른 어린애 발소리가 들리더니 나타샤가 정자로 뛰어 들어오는거야. 베라 니콜라예브나가 벌떡 일어나더니 내가 놀랄 정도로 돌발적인 애정표현하며 딸을 꼭 껴안더군……그녀에게서는 좀처럼 볼 수 없는 행동이지. 뒤이어 프리임코프도 나타났어. 백발의 모범생 같은 쉼멜은 날이 새기도 전 수업 때문에 집에 갔다고 하더군. 우리는 차를 마시기 위해 집으로 돌아왔지.

그건 그렇고 피곤하군. 이 편지도 그만 써야 할 것 같아. 자네에겐 이 편지가 횡설수설 종잡을 수 없다고 느껴지겠지. 평소의 내가 아닌 것 같아. 몽롱한 기분이야. 나한테 무슨 일이 생긴 건지 나 자신도 알 수 없으니까. 벽지를 바르지 않은 작은 방, 테이블

위 램프, 열린 창문, 한밤의 시원한 공기, 문가에 앉아 있는 진지한 젊음의 얼굴, 얇은 하얀 원피스가 계속해서 눈앞에 어른거릴 뿐이야……왜 베라와 결혼할 생각을 했는지 이제야 알 것 같아. 베를린 유학을 떠나기 전에도 내가 그리 바보는 아니였던 모양이네.

여보게. 자네 친구는 지금 이상한 정신 상태에 놓여 있네. 하지만 난 이 모든 것이 곧 지나가리라는 것을 알고 있지……그런데 만일 지나가지 않는다면? 그럼 할 수 없는 일이지. 지나가지 않는 건 지나가지 않는 거니까. 그래도 난 만족해. 첫째, 멋진 저녁을 보냈고 둘째, 내가 베라의 영혼을 잠에서 깨어나게 했다고 해도 날 나무랄 사람은 이 세상에 없기 때문이야. 옐초바 부인은 벽에 걸린 채 침묵을 지킬 수밖에 없으니 말이야. 노부인!……옐초바 부인의 일생 전부를 다 아는 것은 아니지만 그녀가 아버지 집에서 도망쳤다는 사실은 알고 있지. 이탈리아 여자의 딸은 역시 다른 것 같네. 부인은 딸에게 자신의 전철을 밟지 않게 하려 했겠지……물론 두고 봐야겠지만.

이만 펜을 놓겠네. 빈정대기를 좋아하는 자네라 어떻게 생각하든 그건 자네 마음이지만 편지로 날 조롱하지는 말아주게나. 우린 오랜 친구사이니까 너그럽게 이해해주길 바라네. 그럼 잘 있게!

자네 친구 P. B로부터

다섯 번째 편지

-1850년 7월 26일 M 마을에서

친애하는 나의 친구. 오랜만에 편지를 쓰는군. 벌써 한 달 이상이 되었지? 하고 싶은 말은 많았지만 게으름이란 놈한테 지고 말았네. 솔직히 말해서 지난 한 달 동안 자네 생각은 거의 하지도 못했네. 그런데 최근에 받은 자네 편지로 추측컨대 나에 대해 오해를 하고 있는 것 같더군. 자넨 내가 베라에게 반해버렸다고 생각하겠지만(나는 그녀를 베라 니콜라예브나라고 부르는 것이 어쩐지 어색한 느낌이 드네) 그건 틀린 생각이야. 물론 베라를 자주 만나고 그녀가 마음에 드는 건 사실이야. 부인하지 않겠어……누구든 그녀를 보면 좋아하지 않고는 못 견딜 거야. 자네도 한번 내 입장이 되어보게나. 얼마나 놀라운 여자인지! 어린애처럼 순수하면서도 한순간에 본질을 꿰뚫어보는 직관력, 명백하고 건전한 판단력, 타고난 미적 감각, 진리와 고상함에 대한 끝없는 욕망, 죄악과 희극적인 것까지 모든 사물에 대한 이해. 그리고 이 모든 것을 아우르는 하얀 날개의 천사와 같은 고요한 여성적 매력까지……자, 이런 형편이니 무슨 말을 더할 수 있겠나! 지난 한 달 동안 우리는 많은 책을 읽고 많은 이야기를 나누었다네. 그녀와 함께 책을 읽으면서 나는 지금까지 경험하지 못한 희열을 느꼈어. 마치 새로운 세계를 발견한 기분이야. 어떤 상황에서도 베라가 열광하는 일은 없어. 소란과는 거리가 머니까. 무엇인가 마음에 들 때 그녀의 온몸은 고요히 빛나고 말할 수 없이 고귀하고 선한……그야말로 선하기 그지없는 표정을 짓는다네.

아주 어릴 때부터 베라는 거짓말이라고는 전혀 모르고 자랐어. 진실이 몸에 배고 진실로 호흡하며 살았기 때문에 시 속에서도 오직 진실만이 느껴지는 것 같아. 어떤 긴장도 노력도 없이 마치 낯익은 얼굴처럼 단번에 진실을 발견하는 거야……실로 위대한 장점이고 또 행복이 아닌가! 이 점에 대해선 돌아가신 그녀 어머니에게 감사하지 않을 수 없네. 나는 베라의 얼굴을 볼 때마다 이런 생각을 한다네. 그래, 괴테의 말이 옳아.

선한 사람은 의도적으로 노력하지 않아도
진리의 길이 어디에 있는지를 언제나 직감한다.

-『파우스트』 1부 프롤로그

단 한 가지 마음에 들지 않는 것은 항상 남편이 우리 주위를 맴돌고 있다는 사실일세(제발 비웃지는 말아주게. 또 우리 순수한 우정을 모욕할 생각도 하지 말게나). 베라 남편은 시를 이해하는 수준이 내가 플루트를 연주하는 실력 정도지만, 그러면서도 아내에게 뒤처지는 게 싫고 본인 역시 교양을 높이고자 하지.

가끔은 베라 때문에 화가 날 때도 있어. 갑자기 무슨 생각이 났는지 독서도 대화도 마다하고 수를 놓거나 아니면 나타샤, 하녀와 노닥거리거나 아니면 느닷없이 부엌으로 달려가기도 하고 때로는 팔짱을 끼고 앉아 멍하니 창문을 바라보거나 유모와 게임을 하는 거야……나는 이럴 때면 귀찮게 하지 말고 그녀 스스로 찾아와 말을 걸거나 책을 들 때까지 기다려야 한다는 것을 깨달았어. 베라는 독립심이 무척이나 강한 편이야. 나는 이 점을 기쁘게 생각하네. 자네도 기억하겠지. 우리가 젊었을 때 조그만 소녀들이 잘 돌아가지 않는 혀로 자네 말을 흉내 내던 일을. 그럴 때 자네는 그 메아리에 감격해서 소녀 앞에 무릎을 꿇고 싶은 생각이 들지만 잠시 뒤엔 그 진상을 알게 되지. 즉 소녀는 사람의 말을 앵무새처럼 되풀이하는 게 아니라 자기가 하고 싶은 말을 한다는 것을. 베라는 무엇이든 맹목적으로 받아들이는 일이라곤 없어. 권위를 내세워 위협할 수도 없네. 그녀는 논쟁도 모르거니와 굴복이라는 것도 모르는 여자야.

우리는 『파우스트』에 대해 서로의 의견을 몇 번 교환했다네. 하지만 이상한 것은 그녀가 그레트헨에 대해서는 아무 말도 하지 않고 그저 내 말을 듣기만 한다는 사실이야. 메피스토펠레스는 악마로서가 아니라, '모든 사람의 마음속에 있을 수 있는 그 어떤 것'이라며 두려워해……이것은 그녀 자신의 말이야. 나는 베라에게 '그 어떤 것'이란 우리가 리플렉션反影이라 부르는 것이라고 설명하려 했지만, 그녀는 독일어가 의미하는 리플렉시온[8]이라는 단어를 이해하지 못했어. 다만 프랑스어의 리플렉시옹(reflexion)[9]밖에 모르기 때문에 그것을 유익한 것으로 생각하는 버릇이 있다네.

우리 관계는 참으로 놀랍다네! 어떤 면에서 나는 베라에게 큰 감화를 주면서 일종의 교육을 한다고 할 수도 있지만 그녀 역시 자신도 모르는 사이 여러 면에서 나를 좋은 방향으로 이끌어주고 있거든. 이를테면 나는 베라 덕분에 요즘에야 비로소 훌륭하고 유명한 예술 작품 속에 얼마나 많은 수사학적 요소가 포함되어 있는지를 알게 되었어. 그녀가 감동을 느끼지 못하는 작품은 내 눈에도 의심스럽게 보인다네. 확실히 나는 더 성장하고 현명해졌어. 베라와 정답게 지내며 그녀 얼굴을 보면서 변화하지 않는다는 것은 있을 수 없는 일이야.

어쩔 생각이냐고 자네는 묻겠지. 물론 아무 일도 없을 거야. 구월까지 난 즐겁게 지내다가 이곳을 떠날 생각이니까. 처음 몇 달간은 삶이 어둡고 지루하게 느껴지겠지만……그러다 보면 또 익

---

8 독일어로 '반영'.
9 프랑스어로 '숙고'.

숙해지겠지. 어떤 성질의 것이든 남녀 관계가 매우 위험하다는 것도, 그리고 하나의 감정이 자기도 모르는 사이에 다른 감정으로 바뀔 수 있다는 것도 나는 잘 알고 있네……만일 우리 두 사람 중 누군가 마음의 평정을 잃었다면 나는 벌써 정리했을 거야.

하긴 묘한 일이 있긴 했어. 정확히 기억이 안 나는데(아마 『예브게니 오네긴』을 읽을 때였을 거야), 내가 그녀의 손에 입을 맞추었어. 베라는 물끄러미 나를 쳐다보더군(나는 그런 시선을 다른 누구한테서도 본 일이 없네. 깊은 생각과 신중함, 어떤 위엄까지 담긴 시선이었어)…… 그러더니 별안간 얼굴을 붉히고는 벌떡 일어나더니 그대로 나가 버리는 거야. 나는 그날 그녀와 제대로 된 대화를 더 이상 나누지 못했네. 나를 피하느라 꼬박 네 시간 동안을 남편과 유모와 가정교사를 상대로 카드놀이를 계속하더군! 이튿날 아침 베라는 나를 정원으로 불러냈어. 우리는 정원을 지나 호수가 있는 곳까지 나왔지. 그녀는 갑자기 나를 외면한 채 나직한 소리로 말했어.

"앞으로 그런 행동은 절대 하지 마세요!"

그러고는 뒤이어 뭔가 다른 말을 꺼냈어……난 몹시 부끄러웠지.

친구. 아무래도 고백해야 할 것 같네. 사실은 머릿속에서 그녀 모습이 떠나지 않아. 엄밀히 말해 자네한테 이 편지를 쓰게 된 것도 그녀에 대한 내 감정과 그녀에 관한 이야기를 하고 싶어서인지도 모르겠네. 밖에서 말발굽 소리와 함께 말 우는 소리가 들리는

군. 마차를 준비하고 있는 거지. 난 또 그 집에 갈 거야. 이제는 마부가 행선지를 묻지도 않아. 내가 마차에 오르면 으레 프리임코프 집을 향해 출발한다네. 프리임코프 집까지 이 베르스타 정도 남았을 때 가파르게 굽어진 길가에 도달하면 그녀의 집이 자작나무 숲에서 불쑥 모습을 드러낸다네⋯⋯그리고 그녀의 방에서 환한 불빛이 새어 나오는 것을 보면 내 마음은 항상 기쁨으로 넘친다네. 쉼멜(언제나 온화한 이 노인은 베라 집에 가끔 찾아온다네. 프리임코프 부부는 그들에게는 다행인 일이지만 X공작과 그들 부부는 단 한 번 보았을 뿐이네)은 베라 집을 가리키면서 예의 그 겸손하고 장중한 어조로, "이곳은 평화의 보금자리입니다!"라고 말하는데, 그 말은 맞는 말이야. 이 집에는 정말 평화의 천사가 살고 있으니까⋯⋯.

그대의 날개로 나를 감싸 안아주오.
두근거리는 심장을 가라앉혀주오.
매혹당한 영혼에게는
그대의 그림자조차 행복이거늘⋯⋯.

자, 오늘은 이만 쓰겠네. 그렇지 않으면 자네가 또 무슨 생각을 할지 모르니까. 그럼 다음 편지까지⋯⋯다음 편지에도 내가 뭔가를 쓰긴 하겠지? 잘 있게! 참, 그녀는 말이야, '안녕히 가세요'라고 절대 말하지 않아. '그럼…… 안녕히 가세요'라고 항상 말하지. 나는 이 말이 무척이나 마음에 든다네.

자네 친구 P. B로부터

P.S: 자네한테 말했는지 모르겠지만 그녀는 내가 구혼했었다는 사실을 알고 있더군.

같은 사람이 같은 사람에게 보내는
여섯 번째 편지

−1850년 8월 10일 M 마을에서

솔직히 말해주게. 자네는 내게서 절망적인이거나 아니면 기쁨에 찬 편지를 기대하고 있을 테지……하지만 그렇지 않네. 내 편지는 지극히 평범한 내용이야. 새로운 일은 하나도 일어나지 않고 또 일어날 것 같지도 않네.

며칠 전 우리는 호수로 나가 보트를 탔어. 이 얘기를 이야기해주지. 일행은 모두 세 사람, 그러니까 나와 그녀와 쉼멜이었어. 대관절 무슨 이유로 베라가 노인을 자주 부르는지 난 잘 모르겠네. X공작 댁에서는 노인이 수업을 건성으로 한다면서 못마땅해하는 것 같더군. 어쨌든 그날 노인은 굉장한 익살꾼이었어. 프리임코프는 두통이 심해서 함께하지 못했어. 무척 상쾌하고 기분 좋은 날씨였지.

푸른 하늘에는 마치 손으로 찢는 듯한 얇고 흰 구름이 떠다니고 주변에 가득 찬 햇빛과 숲속에서 들려오는 소음, 파도는 기슭에 와 닿았다가 하얀 거품을 내며 튕겨나가고 물결 위에는 금빛 뱀들이 재빨리 기어 다녔지. 그리고 상쾌함과 태양빛까지! 처음에 나는 독일인과 함께 노를 저었어. 그다음 돛을 달자 배가 수면 위를 달리기 시작했지. 뱃머리는 마치 물속을 향해 돌진하는 듯했고 배의 뒤로는 거품이 밀려나갔어. 그녀는 키를 잡고 방향을 조정했어. 머리에는 수건을 쓰고 있었지. 모자를 쓰면 날아갈 것 같았기 때문이야. 그녀의 곱슬머리는 수건 밖으로 빠져나와 바람에 나부끼고 있었네. 그녀는 햇볕에 탄 손으로 힘껏 키를 잡은 채 때때로 얼굴에 튄 물보라를 맞으며 빙그레 미소를 띠고 있었지.

나는 그녀의 발 근처에 쭈그려 앉고 독일인은 파이프를 꺼내 값싼 크나스터 담배를 피우며 노래를 부르기 시작했어. 그것도 멋진 저음으로 말이야. 먼저 그는 '프로오디스리빈(Freu't euch des Lebens)'[10]이라는 옛날 노래를 불렀고 그다음에는 '마술피리' 속 아리아를, 그러고는 '사랑의 알파벳(Das A-B-C der Liebe)'이라는 로맨스를 불렀지. 이 로맨스는 익살스러운 문구를 붙이는 것은 물론이고 알파벳을 모조리 말하게 되어 있어. 먼저 A, B, C, D, 즉 벤이흐 지흐 제![11]로 시작해서, U, V, W, X, 즉 마흐 아이넨 크닉스![12]로 끝나는 거야. 쉼멜은 이런 노래를 감상적인 표정으로 노래했는데, '크닉스!'라는 부분에서는 익살스럽게 왼쪽 눈을 찡긋하는 거야. 정말 볼 만했어. 베라는 웃으면서 손가락을 세워 위협하는 듯한 시늉을 했지. 내가 노인을 향해 당신도 옛날에는 굉장했을 거 같다

---

10 독일어로 '인생을 즐겨라'.
11 독일어로 '내가 너를 만나면!'.
12 독일어로 '인사를 해라!'.

고 하자, 노인은, "그야 물론이죠. 나도 남에게 뒤지진 않았어요!"라 며 장중한 어조로 대답하더군. 노인은 파이프 재를 손바닥 위에 털 어내고 자못 멋을 부리며 다시 파이프를 입에 비스듬히 무는 것이 었어. "내가 대학에 다닐 땐 말이죠, 오, 호, 호!" 하고 덧붙였을 뿐 더 이상은 말하지 않았지. 그렇지만 이 "오, 호, 호!" 하고 말할 때 목소리는 정말 멋있었어. 베라는 노인에게 어떤 학생의 노래를 불 러달라고 청하더군. 그러자 노인은 '크나스터 딘 젤벤(Knaster, den gelben)' [13]이라는 노래를 불렀는데 마지막 소절에서 음이 틀리고 말았어. 노인이 지나치게 멋을 부리다가 그렇게 된 거지. 그러는 동 안 바람이 강해지더니 제법 큰 파도가 일어나는 바람에 보트가 약 간 옆으로 기울었어. 제비가 우리 주변을 낮게 날고 있었지. 우리는 돛의 위치를 바꾸어 배의 균형을 잡으려고 애를 썼다네. 이때 별안 간 바람이 다시 세차게 불어서 미처 바로 잡을 사이도 없이 파도가 뱃전을 넘어 안으로 쏟아져 들어온 거야. 배 안에 제법 많은 물이 들어왔지. 하지만 이번에도 독일인 노인은 용감하게 일을 처리했다 네. 노인은 내게서 밧줄을 낚아채서 돛의 위치를 바로 잡고는 "조 마흐트 만즈 인 쿡스하펜(So macht man's in Cuxhafen)" [14]이라고 말하는 거야.

베라는 깜짝 놀라 안색이 좀 창백해졌지만 평소의 습관대로 아

---

13 독일어로 '노란 파이프 담배'.
14 독일어로 '쿡스하펜은 이렇게 한답니다!'.

무 말이 없었어. 그녀는 스커트를 매만지고 나서 구두 끝을 보트의 판자 위에 올려놓았네. 문득 괴테의 시가 머리에 떠올랐지(나는 얼마 전부터 괴테에 심취해 있었네)……자네, 생각나나? '헤아릴 수 없이 수많은 별, 파도 위에서 반짝이네'라는 시 말이야. 난 이 시를 큰 소리로 낭독했지. 그 시의 '나의 눈이여, 너는 어찌하여 내려 감기느냐?'라는 부분을 읽을 때 그녀는 가만히 시선을 들었네(나는 그녀 발밑에 앉아 있었기 때문에 그녀의 시선은 위에서 나를 내려다보고 있었거든). 그녀는 바람 때문에 눈을 가늘게 뜬 채 먼 곳을 하염없이 바라보았어. 이때 갑자기 빗방울이 떨어지기 시작하면서 수면 위에 물거품을 만들었네. 나는 그녀에게 외투를 권했어. 그녀는 외투를 어깨에 걸쳤지. 우리는 호숫가에 도착해서(그곳은 부두가 아니었네) 집까지 걸어갔네. 그녀는 내 팔을 잡았어. 나는 뭔가 말을 하고 싶었지만 침묵을 지켰네. 어렴풋이 기억이 나는 것은 그러다가 내가 베라에게 이런 질문을 했다는 거야. 어째서 그녀는 집에 있을 때 마치 병아리가 어미 닭 날개 밑에 웅크리고 있듯이 항상 옐초바 부인 초상화 밑에 앉아 있느냐고.

"아주 적절한 비유예요."

베라가 대답했어.

"저는 결코 그 날개 밑에서 빠져나오고 싶지 않을 거예요."

"자유를 위해 바깥세상으로 나오고 싶지 않으세요?"

내가 다시 물었어. 그녀는 아무 대답도 하지 않더군.

어째서 이 뱃놀이 이야기를 자네에게 이렇게 장황하게 말했는지 나 자신도 알 수 없어. 굳이 이유를 말한다면 그것이 나의 과거에서 가장 즐거웠던 사건 중 하나로 내 머릿속에 남았기 때문일거야. 사실 이걸 사건이라고 말할 순 없지만 말이야. 나는 말할 수 없는 기쁨과 즐거움을 느꼈어. 그리고 내 눈에 눈물이, 가벼운 행복의 눈물이 그렁해졌지.

그래! 상상해보게. 이튿날 정원을 거닐면서 정자 옆을 지나는데 갑자기 누구인지 명랑하고 즐거운 여자의 목소리가 '프로오디스리빈(Freu't euch des Lebens)'을 노래하는 거야. 나는 정자 안을 들여다보았지. 그건 베라였어. 나는 "브라보! 당신이 그렇게 훌륭한 목소리를 갖고 있는지는 정말 몰랐습니다!"라고 외쳤어. 그러자 베라는 부끄러운 듯 노래를 멈추었어. 농담이 아니라 그녀는 진짜 힘차고 훌륭한 소프라노 목소리를 가지고 있었어. 그녀 자신도 자기가 이렇게 훌륭한 목소리를 가지고 있으리라고는 꿈에도 생각하지 못했을 거야. 아직도 얼마나 많은 재능이 그녀의 내부에 숨겨져 있는지 알 수 없을 정도야! 그녀도 자기 자신을 모르고 있는 거지. 우리 시대에 이런 여성이 살고 있다니 정말 놀랄일이 아닌가?

8월 12일

　어제 우리는 무척 이상한 이야기를 주고받았네. 이야기는 우선 유령의 문제부터 시작되었는데, 글쎄, 그녀는 유령의 존재를 믿으면서 거기에는 나름의 이유가 있다고 하는 거야. 그 자리에 있던 프리임코프는 지그시 눈을 감고 아내의 말에 맞장구를 치듯 살짝 고개를 끄덕이더군. 나는 꼬치꼬치 캐묻기 시작했지만, 곧 이 대화가 그녀에게 불쾌감을 준다는 것을 깨달았지.

　그래서 우리는 상상에 대해, 상상의 힘에 대해 이야기하기 시작했다네. 나는 젊었을 때 수많은 행복에 대해 상상하곤 했지만(그것은 실제 삶이 불행했던 사람, 혹은 현재 불행한 처지에 놓인 사람들에게 따르기 마련인 공상이지), 그중에서도 사랑하는 사람과 몇 주일 간 베네치아에서 산다면 얼마나 행복할까 하는 상상을 하곤 했지. 나는 그런 생각을 자주했어, 특히 밤에 말이야. 그럴 때면 내 머릿속에는 완벽한 그림이 펼쳐지곤 했지. 언제든 원하기만 하면 그 광경을 눈앞에 그려낼 수 있게까지 되었다네. 내 상상 속의 정경이란 이런 것일세. 밤, 달, 하얗고 부드러운 달빛, 향기…… 자넨 레몬 향기라고 생각하겠지만 그렇지 않아. 바닐라 향기, 사보텐 향기라네. 게다가 거울같이 잔잔하고 넓은 수면, 올리브가 울창한 평탄한 섬, 그 섬의 바닷가 근처에 자그마한 대리석 집이 있고, 창문은 활짝 열려 있지. 어디선가 음악이 들려오고, 집 안에는 어두운 색의 잎들로 무성한 나무들이 보이며, 반쯤 가려진 램프 빛이 흐르고 있지. 창문 하나에서는 금빛 술이 달린 무거운 벨벳 커튼이 늘어져 있고, 그 한쪽 끝이 물위에 드리워져 있다네. 이 망토에 팔꿈치를 괸 그와 그녀는 나란히 앉아 멀리 베네치아를 바라보고 있어. 바로 이러한 광경이 마치 눈으로 보기라도 하듯 선명하게 머릿속에 떠오르곤 했어.

베라는 두서없는 내 말을 듣더니 자기도 자주 공상을 한다는 거야. 단지 내 공상과는 전혀 다른 종류라는군. 베라는 어떤 여행자와 함께 아프리카 사막에 자신을 상상하거나 북극해에서 프랭클린의 흔적을 찾아 헤매는 상상을 한다는 거야. 그리고 자기가 견뎌내야만 하는 모든 궁핍이며, 자기가 싸워 나가야 하는 모든 곤란을 너무도 생생히 머릿속으로 상상할 수 있다는 거지…….

"당신은 여행기를 너무 많이 읽었어."

남편이 덧붙이더군.

"그럴지도 모르죠. 하지만 상상을 하려면 현실성이 있어야지, 불가능한 것을 상상해봤자 무슨 소용이 있겠어요?"

베라가 대꾸했지.

"왜 안 된다는 거지요? 실현성이 없으면 나쁜 건가요?"

내가 말했어.

"제가 표현을 잘못했군요."

베라가 말을 계속하더군.

"제가 말하고 싶은 것은 자기 자신에 대해, 자신만의 행복에 대해 상상한다는 것은 아무 소용이 없다는 거예요. 자신의 행복 같은 건 생각할 필요가 없어요. 그런 생각을 해서 뭐하려고요? 그것은 건강과 같아서 자신이 그것을 느끼지 못한다면 바로 그것이 있다는 증거예요."

이 말은 나를 놀라게 했다네. 이 여자는 위대한 영혼을 가지고 있어. 정말이야. 내 말을 믿어주게……

화제는 베니스 이야기에서 이탈리아와 이탈리아인에게로 옮겨 갔네. 프리임코프는 밖으로 나가고 나와 베라 두 사람만 남았지.

"당신 몸에는 이탈리아인의 피가 흐르고 있군요."

내가 말했네.

"그래요."

베라가 대답했어.

"제 외할머니 초상화를 보여드릴까요?"

"네, 보여주세요."

베라는 자기 서재로 가더니 잠시 후 큼직한 황금의 메달리온을 가지고 나왔어. 나는 메달리온을 열었지. 그러자 옐초바 부인의 아버지와 알바노 태생의 시골 여인인 어머니의 초상이 보이더군.

정말 섬세하게 그려진 훌륭한 초상이었어. 베라의 외할아버지는 옐초바 부인하고 정말 놀랄 만큼 닮았더군. 다만 그의 얼굴 윤곽이 더욱 엄격하고 날카로운 인상을 주었고 작고 노란 눈에서는 음울한 고집을 엿볼 수 있었어. 그에 비해 베라의 외할머니, 이탈리아 여인의 얼굴은 어떠했는지 상상할 수 있겠나? 윤기 도는 커다란 눈은 약간 튀어나온 편이었지만 진홍빛 입술은 만족스러운 미소를 띠고 얼굴 전체는 활짝 핀 장미처럼 다분히 유혹적인 성숙한 느낌이었네! 자극적이고 가느다란 콧구멍은 지금 막 키스를 하고 난 뒤처럼 바르르 떨리며 커진 것 같고 가무잡잡한 두 뺨에서는 불타는 정열과 건강과 청춘과 강렬한 여성적 매력이 발산되고 있었어……그녀의 이마. 그런 이마는 생전 처음 보는 것이었네. 창조주에게 감사할 정도였어! 그녀는 고향인 알바노식 옷차림을 하고 있었는데, 화가는(정말 거장이야!) 선명한 잿빛의 윤기 나는 칠흑 같은 검은 머리채 위에 포도나무 가지 하나를 꽂아놓았어. 그리고 이 바커스 같은 장식은 그녀의 표정에 더없는 풍부함을 더해주었지.

그런데 베라 외할머니의 얼굴이 나에게 누구를 연상케 했는지 아나? 검은 액자 속 마농 레스코였어. 하지만 무엇보다 놀라운 것은 초상화를 보았을 때 문득 내 머릿속에 떠오른 생각이었네. 베라는 외할머니를 전혀 닮지 않았는데도 베라에게 가끔 이런 미소,

이런 눈빛이 순간적으로 반짝일 때가 있다는 거였어…….

다시 말하지만, 아마 베라 자신을 포함해 이 세상 그 누구도 지금까지 그녀 내부에 숨어 있는 모든 것을 알지는 못한다는 사실이야…….

그건 그렇고! 옐초바 부인은 딸이 결혼하기 전에 자기 생애며, 어머니의 횡사, 그 밖의 모든 일을 하나도 남김없이 얘기해주었다는 거야. 그것은 아마도 교훈을 주려는 의도가 있었던 것 같아. 베라는 자기 할아버지, 즉 신비로운 라다노프의 이야기를 듣고 특히 강한 인상을 받았지. 그녀가 유령을 믿는 것도 실은 이것 때문이 아닐까? 그토록 순수하고 빛나는 여인이 어두운 지하 세계를 두려워하고 게다가 그것을 믿고 있다니……정말 모를 일이야!

이제 그만 쓰기로 하겠네. 이런 얘길 써서 무슨 소용이 있겠나? 하지만 이왕 쓴 것이니 그대로 자네에게 부치도록 하겠네.

자네 친구 P. B로부터

같은 사람이 같은 사람에게 보내는

일곱 번째 편지

-8월 22일 M 마을에서

　마지막 편지를 쓴 후 열흘이 지나 다시 펜을 들었네……아, 나
의 친구여. 더 이상 감출 수가 없어……아아, 정말 힘들어! 난 그
녀를 미친 듯이 사랑하고 있네! 지금 이 운명적인 말을 어떤 비
통한 마음으로 지금 쓰고 있는지 자네는 상상할 수 있으리라 믿
네. 나는 어린애도 아니고 그렇다고 청년도 아니야. 남을 속이기
란 거의 불가능하고, 수월하게 자신을 기만할 수 있는 시기는 이
미 지났다는 말이지. 나는 모든 것을 자각하고, 모든 것을 꿰뚫어
보고 있네. 내가 이미 마흔에 가까웠다는 것도, 그녀가 다른 사람
의 아내이고 또 남편을 사랑하고 있다는 것도 나는 알고 있어. 그
리고 나를 사로잡는 이 불행한 감정에는 남모르는 마음의 가책과
활력의 낭비 외에 아무것도 기대할 게 없다는 것도 난 잘 알고 있
네. 이런 것을 잘 알기 때문에 아무것도 버리지 않고 원하지도 않
지만, 그렇다고 해서 마음이 가벼워지는 것은 아니더군.

　벌써 한 달 전부터 베라에 대한 관심이 점점 커진다는 사실을
깨달았어. 그것은 적지 않게 나를 당황하게 했지만 한편으로는 기

쁘게도 했네. 하지만 흘러가버린 청춘처럼 두 번 다시 오지 않으리라 생각했던 것이 다시 반복되리라고는 꿈에도 생각지 못했어. 아니, 지금 내가 무슨 말을 하고 있는지 모르겠군! 마농 레스코, 프레치리온, 이것이 예전의 나의 우상이었네. 이런 우상을 파괴하는 것은 쉬웠지만, 지금 나는……처음으로 여자를 사랑한다는 것이 무엇인지 알게 되었네. 이런 말을 하는 것 자체가 부끄러운 일이지만 사실이니까.

나는 부끄럽네……사랑이란 결국 에고이즘이지만, 이 나이에 에고이스트가 된다는 것은 용서받을 수 없는 일이야. 서른일곱 살이나 되었는데 자기 자신을 위해 살아서는 안 된다, 보람찬 삶을 살아야 한다, 일정한 목적을 갖고 이 땅에서 자신의 의무와 자기 사업을 수행해야 한다, 이런 생각을 하며 일을 시작하려고 했지만……폭풍에 휩쓸린 듯 모조리 날아가 버렸네.

지금 생각해보니 맨 처음 편지에서 자네에게 무엇을 썼는지 지금에야 알 것 같아. 나의 앞길에 얼마나 많은 시련이 놓여 있을지 알고 있었던 거야. 그 시련이 별안간 내 머리 위로 굴러 떨어진 거야! 나는 멍하니 서서 아무 생각 없이 앞을 바라보고 있지만 바로 눈앞에 검은 장막이 드리워져 괴롭고 무서울 뿐이야! 나는 자신을 통제할 수 있어. 겉으로는 남 앞에서뿐만 아니라 마주앉아 있을 때조차 태연하게 행동할 수 있네. 사실 어린애처럼 미치광이

짓을 할 수는 없지 않겠나?

그러나 독벌레가 내 마음속에 들어와 밤낮을 가리지 않고 피를 빨아 먹고 있네. 과연 어떻게 될까? 지금까지는 그녀가 없을 때 그녀를 그리워하고 흥분하다가도, 막상 그녀 앞에서는 금세 안정이 되곤 했는데……지금은 그녀가 곁에 있어도 마음이 편치가 않아. 난 이것이 두려워. 아아, 사랑하는 친구여, 자기 눈물을 부끄러워하며 이것을 감춰야 한다는 것은 얼마나 괴로운 일인가! 울음은 젊은이에게만 허용된 특권일세. 눈물이란 젊은이에게나 어울리니까.

나는 이 편지를 다시 읽을 수가 없네. 이것은 신음 소리처럼 내 의지와 상관없이 가슴속에서 터져 나온 것이기 때문이야. 더 이상 무엇 하나 덧붙이거나 이야기할 수가 없어……잠시 시간을 주게나. 그러면 나도 정신을 차려 본래 모습으로 돌아올 것이고, 그땐 남자답게 자네한테 모든 것을 털어놓겠네. 하지만 지금은 자네 가슴에 기대고 싶은 생각밖에 나질 않아. 그리고…….

오오, 메피스토펠레스여! 너도 도움이 되지 않는구나. 내가 펜을 놓은 것은 생각하는 바가 있기 때문이야. 일부러 내 안에 있는 냉소적인 본능을 부추겨서 이런 불평과 하소연이 일 년 혹은 반년이 지난 뒤 얼마나 우습게 보일지 누누이 내 자신에게 주의를 주었건만……헛수고였어. 메피스토펠레스도 무력해, 그의 이빨도 날카롭지 않아……그럼 오늘은 이만!

자네 친구 P. B로부터

여덟 번째 편지

-1850년 9월 8일 M 마을에서

친애하는 나의 친구!

자네는 내 마지막 편지를 지나치게 예민하게 받아들이고 있더군. 내가 감정을 지나치게 과장해서 표현한다는 것은 자네도 잘 알고 있지 않은가? 글쎄, 나도 모르게 그렇게 되곤 하니 말이야. 여성적인 특성이야! 물론 나이가 들면 자연히 사라지겠지. 하지만 고백하네만 아직까지는 그런 본성이 여전히 남아 있네.

그러니까 안심하게나. 베라가 내게 준 인상을 굳이 부인하지는 않겠네. 하지만 거듭 말하건대 그 안에 특별한 것은 아무것도 없어. 자네가 쓴 것처럼 일부러 여기에 올 필요는 없다는 말이야. 아무것도 아닌 일 때문에 천 베르스타나 되는 거리를 달려오겠다니 그건 정말 미친 짓이야! 하지만 자네의 우정을 새삼스럽게 증명하는 그 마음에 대해서는 진심으로 고맙게 생각하네. 평생 잊지 않겠네. 믿어주게.

게다가 나 자신도 곧 페테르부르크로 떠날 생각이니까 자네가 여기 온다는 것은 더욱 무의미한 일이지. 나는 자네와 만나 의자에 앉아서 모든 것을 상세히 이야기해주겠네. 하지만 지금은 말하고 싶지 않아. 다시 말을 시작하면 또 자네에게 혼란을 줄지도 모르니까. 출발하기 전에 다시 쓰겠네. 그럼 다시 만날 때까지 부디 즐겁고 건강하기를 바라며, 친구의 운명에 대해 너무 마음 아파하지 말게.

자네를 깊이 존경하는 친구 P. B로부터

아홉 번째 편지

-1853년 3월 10일 P 마을에서

자네 편지에 오랫동안 답장을 하지 못했네. 지난 며칠 동안 그 편지에 대한 것만을 생각하고 있었네. 편지를 읽고 자네가 단순한 호기심이 아니라 진심어린 걱정을 하고 있다는 걸 난 느꼈다네. 하지만 난 여전히 망설였다네. 자네 충고를 따를 것인가, 자네가 바라는 걸 할 것인가. 마침내 결심했네, 자네에게 모든 걸 말하기로 말이야. 자네 생각대로 이 고백이 내 마음을 가볍게 해줄지는 알 수 없지만 내 인생을 영원히 바꾼 이 사건을 자네에게 숨길 권리가 나에겐 없다고 생각했기 때문이야. 아니, 난 아마 자네에게 평생 죄인으로 남을 것 같다는 생각이 들기조차 한다네……우리의 슬픈 비밀을 내가 소중히 생각하는 유일한 사람인 자네에게 털어놓지 않는다면 아아, 영원히 잊을 수 없는 사랑하는 사람에게 더 큰 죄인으로 남게 되겠지. 아마도 오직 자네만이 이 지상에서 베라를 기억하는 유일한 사람일지도 모르는데 그런 자네가 그녀에 대해 경솔하고 그릇된 판단을 한다면 그건 정말 참을 수 없는 일이거든. 모든 사정을 알아주기 바라네. 아! 하지만 이 모든 것은 그저 한두 마디로도 전할 수 있는 이야기야. 우리 사이에 있었던 일은 번개 같은 한순간의 번쩍임이었고 역시 번개처럼 죽음과 멸망을 가져다주었지…….

그녀가 죽은 이후로, 그러니까 평생 떠나지 않을 생각으로 이 외진 마을에 내가 정착한 이후로 어언 이 년 남짓한 시간이 흘렀군. 하지만 모든 것은 여전히 내 기억 속에 뚜렷이 남아 있어. 나의 상처는 여전히 생생하고 나의 고통은 여전히 처절하다네…….

난 하소연을 하려는 게 아니네. 하소연이란 마음을 자극하며 슬픔을 해소시키기도 하지만 나의 슬픔은 그런 정도가 아니야. 자, 그럼 이야기를 시작하겠네.

자네는 혹시 내가 보낸 마지막 편지 기억하나? 내가 자네 우려를 불식시키려 애쓰면서 자네가 페테르부르크에 오는 것을 거절한 바로 그 편지 말일세. 자네는 아무것도 아닌 척 지나치게 허물없는 나의 태도에 의심의 눈길을 보내면서 우리가 가까운 시일에 만나게 될 것이라는 말을 곧이듣지 않았지. 자네가 옳았어. 그 편지를 쓴 전날 난 내가 사랑받고 있다는 것을 알았다네.

이제 몇 마디를 쓴 것뿐인데 난 이야기를 끝까지 계속하는 것이 얼마나 어려운 일인지를 깨달았네. 머릿속을 떠나지 않는 그녀의 죽음에 대한 생각이 전보다 몇 배 더 나를 괴롭힐 것이고 이 기억은 나를 불태워버리겠지……하지만 애써 마음을 다잡으려하네. 아예 펜을 던져버리든가 아니면 불필요한 말은 쓰지 않을 작정이야.

베라가 나를 사랑한다는 것은 다음과 같은 상황에서 알게 되었어. 그전에 우선 말해두고 싶은 것은(아마 자네도 믿어줄 거야) 그 전날까지 난 까맣게 몰랐다는 거야. 사실 베라가 가끔 골똘히 생각에 잠기곤 했는데 이전엔 볼 수 없던 모습이었지. 나는 그녀가 왜 그러는지 이해할 수 없었네. 그러던 어느 날, 그러니까 1850년 9월 7일(내게는 결코 잊을 수 없는 날이지)이었어. 이런 일이 벌어졌네. 내가 얼마나 그녀를 사랑했는지 또 내가 얼마나 그녀 때문에 힘들어했는지 자네도 잘 알거야. 그림자처럼 방황하며 마음 둘 곳을 찾지 못했어. 그날도 집에 있으려 했지만 더 이상 참지 못하고 베라를 찾아갔어. 베라는 혼자 서재에 있더군. 프리임코프는 사냥을 나가고 집에 없었어. 내가 들어가자 베라는 나에게 시선을 고정시킨 채 내 인사에 답할 생각도 하지 않는 거야. 베라는 창가에 앉아 있었는데 무릎에는 책이 한 권 놓여 있더군. 나는 한 번에 알아보았어. 내가 선물한 『파우스트』였으니까. 베라의 얼굴은 몹시 피곤해 보였어. 나는 그녀 앞에 마주 앉았지. 베라는 파우스트와 그레트헨이 나오는 장면을 좀 읽어달라고 하더군. 그레트헨이 파우스트에게 신을 믿느냐고 묻는 장면이야. 나는 책을 들고 읽기 시작했어. 다 읽고 나서 나는 베라를 쳐다보았네. 베라는 소파에 머리를 기대고 팔짱을 낀 채 나를 바라보고 있었어.

갑자기 내 심장이 쿵쾅거리기 시작했어.

"왜 날 이렇게 만들었어요?"

베라가 천천히 말하더군.

"네?"

나는 당황했어.

"정말이지, 왜 날 이렇게 만들었냐고요!"

베라는 반복했어.

"그러니까 당신 말씀은……왜 이런 책을 읽게 했느냐, 그 말인가요?"

내가 물었지.

베라는 아무 말 없이 일어나 문 쪽으로 걸음을 옮기더군. 나는 그녀의 뒷모습을 바라보았네.

베라는 문 앞에서 걸음을 멈추고 나를 돌아보았어.

"당신을 사랑해요. 당신이 날 이렇게 만들었어요."

베라가 말했어.

순간 온몸의 피가 머리로 치오르는 듯했지.

"난 당신을 사랑해요, 사랑에 빠져버렸어요!"

베라가 다시 반복했어.

베라는 서재를 나가더니 문을 닫아버렸어. 그때 내 마음속에 무슨 일이 일어났는지에 대해 굳이 설명하지 않겠네. 정원의 숲속을 헤매다가 나무에 기댄 것만은 기억이 나. 하지만 얼마나 그러고 있었는지는 알 수가 없네. 마치 온몸이 마비된 것 같았어. 황홀한 행복감이 파도처럼 밀려왔어……아니, 이 얘기는 더 이상 하지 않겠네. 프리임코프의 목소리가 나를 황홀경에서 빠져나오게 했어. 내가 왔다는 소식을 전해들은 프리임코프가 사냥에서 돌아와 나를 찾고 있더군. 내가 모자도 쓰지 않고 혼자 정원에 있는 것을 보고 그는 무척이나 놀라면서 집으로 들어가자고 하더군.

"아내는 거실에 있습니다."

프리임코프가 말했어.

"그리로 갑시다."

내가 어떤 심정으로 거실 문턱을 넘었을지 아마 상상이 갈 거야. 베라는 구석에 앉아 자수를 놓고 있더군. 나는 흘끗 그녀를 바라보았을 뿐 한참 동안 눈을 들지 못했어. 놀랍게도 베라는 태연해 보였어. 말과 목소리에서 그 어떤 동요의 흔적도 찾아볼 수 없었다네. 마침내 나는 용기를 내어 베라를 바라보았어. 순간 우리두 사람의 시선이 마주쳤네……그녀는 약간 얼굴을 붉히더니 다시 자수 위로 고개를 숙였어. 나는 그녀의 모습을 관찰하기 시작했네. 베라는 당황해 하는 것 같았어. 가끔 입가에 쓸쓸한 미소가 어른거리더군.

프리임코프가 나가자 베라는 별안간 고개를 들고 제법 큰 소리로 묻는 거야.

"이제 어떻게 하실 거예요?"

나는 당황한 나머지 낮은 목소리로 빠르게 대답했지. 명예를 아는 사람으로서 의무를 다하겠다, 그래서 이곳을 떠나겠다, 왜냐하면 당신도 이미 알고 계시겠지만, 베라 니콜라예브나, 당신을 사랑하기 때문입니다, 하고 말이야. 그녀는 다시 자수 위로 고개를 숙이고는 깊은 생각에 잠겼어.

"당신과 할 얘기가 있어요."

그녀가 말했어.

"오늘 저녁에 차를 마신 다음 정자로 오세요……알고 계시죠? 당신이 『파우스트』를 낭독했던 그 정자요."

베라는 무척이나 명료하게 말했어. 바로 그때 거실로 들어온 프리임코프가 이 말을 왜 못 들었는지는 여전히 의문이야. 그날은 조용히, 지루할 정도로 조용히 지나갔어. 베라의 얼굴은 가끔 '혹시 꿈이 아닐까?'라고 자문하는 듯한 표정으로 빛나곤 했지. 동시에 그녀 얼굴에서 비장한 결심을 읽을 수 있었어. 그런데 나는……나는 좀처럼 제정신으로 돌아올 수 없었지. 베라가 나를 사랑한다! 이 말은 끊임없이 머릿속에서 맴돌고 있었지만 난 이해할 수 없었어. 나는 나 자신도, 그녀도 이해할 수 없었다네. 예상치 못했던 놀라운 행복을 도저히 믿을 수가 없었어. 있는 힘을 다해 지나간 일을 상기하면서 나 역시 마치 꿈속처럼 뭔가를 보기도 하고 말하기도 하였지…….

차를 마신 뒤 어떻게 하면 눈치채지 못하게 빠져나갈 수 있을까 고민하고 있는데 베라가 갑자기 산책을 하고 싶다며 나에게 같이 가자고 청하는 거야. 나는 일어나서 모자를 들고 그녀 뒤를 따랐네. 나는 먼저 말할 용기가 없었어. 가까스로 숨을 쉬며 베라가 먼저 말하기만을 기다렸지. 하지만 그녀는 말이 없었어. 우리는 말 없이 중국식 정자에 이르렀고, 역시 말없이 그 안으로 들어갔지. 바로 그때(난 아직도 어떻게 해서 그렇게 되었는지 전혀 납득이 가지 않네) 별안간 우리는 서로 포옹을 한 거야. 무언가 보이지 않는 힘이 나를 그녀에게, 그녀를 나에게 떠밀었지. 저물어가는 석양 속에서 하늘하늘한 머리채를 뒤로 젖힌 베라의 얼굴은 순간 황홀과 사랑의 미소로 밝아졌다네. 우리는 입맞춤으로 하나가 되었어…….

처음이자 마지막 키스였지.

그런데 갑자기 베라가 내 팔에서 빠져나오더니 하얗게 질린 얼굴로 한 걸음 뒤로 물러섰어…….

"저것 좀 보세요."

그녀가 떨리는 목소리로 말했어.

"당신 눈에는 아무것도 보이지 않으세요?"

나는 얼른 돌아보았지.

"아무것도요. 그럼 당신 눈에는 뭔가 보입니까?"

"지금은 안 보여요. 하지만 좀 전엔 보였어요."

베라는 숨을 깊이 천천히 쉬었어.

"누가요? 뭐가요?"

"어머니요."

그녀는 천천히 말하고는 온몸을 바르르 떨었어.

나 역시 몸을 움찔했네. 선뜻한 냉기가 온몸을 지나는 것 같았어. 나는 죄인처럼 덜컥 겁이 났지. 실제로 그 순간 나는 정말 죄인이었으니까.

"그만하세요! 도대체 뭡니까? 그럴 바엔 차라리……."

내가 입을 열었어.

"아니에요, 제발, 아니라고요!"

베라는 내 말을 가로채더니 두 손으로 머리를 잡았어.

"이건 미친 짓이에요……미칠 것 같아……이건 농담이 아니에요, 죽음이에요……안녕히……."

"제발, 잠깐만 좀 멈춰요!"

난 충동적으로 엉겁결에 소리쳤다네. 내가 무슨 말을 하는지 알 수 없었고 두 발로 서 있는 것조차 힘들었지.

"제발……이건 정말이지 잔인합니다."

베라는 나를 쳐다보았어.

"내일, 내일 저녁."

그녀가 말했어.

"오늘은 안 돼요, 부탁이에요……오늘은 돌아가줘요……내일 저녁에 호수 근처에 있는 정원 쪽문으로 와요. 나도 그리로 갈게요, 꼭 갈 거야…… 당신한테 맹세할 수 있어."

베라가 열정적으로 덧붙였어. 그녀의 눈이 빛났어.

"이 세상 그 누가 방해하더라도 반드시 가겠어, 맹세할게! 그리고 당신한테 모두 말할 거야. 하지만 오늘만은 그냥 보내줘."

내가 대답하기도 전에 베라는 사라져버렸어.

온몸이 줄끔하는 충격을 받은 나는 마냥 그 자리에 서 있었다네. 머리가 빙글빙글 돌았어. 나의 존재 전체를 가득 채운 미칠 듯한 희열감 사이로 우울감이 살며시 기어들었지……나는 주변을 둘러보았어. 지금 내가 서 있는 정자, 나지막한 천장에 어두운 벽이 있는 습기가 찬 텅 빈 정자가 갑자기 무서워졌어.

나는 밖으로 나와 집을 향해 무거운 걸음을 옮겼어. 베라는 내가 올 때까지 테라스에서 기다리고 있었더군. 내가 가까이 가자 베라는 얼른 집으로 들어가 그대로 침실에 틀어박히고 말았네.

나는 베라의 집을 나왔지.

그날 밤과 다음 날 저녁 전까지 시간을 어떻게 보냈는지 도저히 말로 전할 수가 없네. 단지 기억나는 일은 내가 두 손으로 얼굴을 가린 채 침대 위에 누워 키스 직전 베라의 미소를 떠올리고, 아아, 드디어, 하며 중얼거렸다는 것뿐이야.

나는 또 베라에게 들은 옐초바 부인의 말을 생각했네. 부인은 언젠가 베라에게 이렇게 말했다는 거야.

"너는 얼음 같아서 녹기 전까지는 돌처럼 단단하지만 일단 녹기 시작하면 흔적도 남지 않을 거야."

또 이런 것도 머리에 떠올랐다네. 언젠가 능력, 재능이 무엇을 의미하는지에 대해 베라와 토론한 적이 있었어.

"내가 가진 재능은 하나뿐이에요."

그녀는 말하더군.

"그건 마지막 순간까지 침묵하는 거예요."

나는 그때 아무것도 이해할 수 없었네.

'그런데 베라가 그토록 놀란 것은 무슨 의미일까?'

나는 스스로에게 물었어.

'정말 옐초바 부인을 본 것일까? 착각이야!'

이렇게 생각하며 나는 다시금 기대감에 몸을 맡기고 있었지.

바로 그날 자네에게 그토록 간사스러운 편지를 쓴 거야. 어떤 의도로 썼는지 생각만 해도 끔찍하네.

저녁 무렵(아직 해가 지기 전이었지만) 나는 벌써 정원 쪽문에서 대략 오십 보 정도 떨어진 호숫가 울창한 버드나무 숲속에 서 있었어. 집에서부터 걸어왔지. 부끄러운 이야기지만 그때 나의 마음속에 공포심, 아주 소심한 공포심이 밀려들었고 난 계속해서 떨고 있었어……그렇다고 후회를 한 건 아니야. 버드나무 가지에 몸을 숨긴 채 난 끊임없이 쪽문을 바라보았지. 하지만 문은 열리지 않았어. 이윽고 날이 저물어 주위에 어둠이 깃들기 시작했지. 어느 틈에 별이 나타나고 하늘도 어두워졌어. 하지만 사람의 그림자는 보이지 않았지. 갑자기 심한 오한을 느꼈어. 이미 주위는 칠흑같이 어두웠지. 나는 더 이상 참을 수가 없어서 버드나무 숲을 빠져나와 쪽문 쪽으로 살금살금 걸어갔지. 정원은 죽은 듯이 고요했어. 나는 나직한 소리로 베라의 이름을 불렀어. 한 번, 그리고 또 한 번……하지만 대답은 없었어. 그로부터 삼십 여분이 지나고 또 한 시간이 지났네. 주위는 이미 지척을 분간할 수 없을 정도였어. 기다리다 못해 지치고 말았지. 나는 쪽문을 잡아당겨 한 번에 열었어. 도둑처럼 발끝으로 집을 향해 걸어가 보리수 그늘 아래에서 걸음을 멈췄지.

집의 거의 모든 창에 불이 환히 켜져 있더군. 사람들이 이리저리 부산스럽게 다니는 게 보였어. 난 깜짝 놀랐어. 희미한 별빛을 통해 보니 시계가 열한 시 반을 가리키고 있더군. 갑자기 집 뒤에서 시끄러운 소리가 들려왔어. 마차가 나가는 소리였어.

"아마도 손님이 왔었나보군."

나는 생각했지. 베라와 만날 희망이 완전히 사라졌기 때문에 나는 정원을 나와 빠른 걸음으로 집을 향해 걷기 시작했어. 컴컴한 구월의 밤이었지만 한편으로는 따뜻하고 바람 한 점 없는 밤이었어. 아쉬움보다 슬픔이 나를 덮치려 했지만 이것도 점차 사라져갔네. 집에 도착했을 때는 서둘러 걸었던 탓에 다소 지치긴 했지만 행복하고 즐거운 기분이었어. 나는 침실에 들어가 치모페이를 내보내고 옷도 갈아입지 않은 채 침대에 몸을 던지고 생각에 잠겼네.

처음 얼마 동안 상상은 즐거웠지. 하지만 조금 뒤 나는 내 마음 속에서 일어나는 이상한 변화를 감지했어. 은밀하면서도 답답한 우울함과 깊은 내적 불안감을 느끼기 시작했지. 원인을 알 수는 없었지만 마치 불행이 가까이 오고 있으며 마치 이 순간 내가 사랑하는 누군가가 고통 속에서 날 찾고 있는 듯한 느낌에 무섭고 울적해졌어. 테이블 위 양초는 자그마한 불꽃을 튀기며 꼼짝하지 않은 채 타올랐고 시계추는 규칙적으로 무겁게 움직였지. 나는 한 손에 머리를 기댄 채 외롭고 텅 빈 내 방의 어둠을 응시하기 시작했어. 베라에 대해 생각하자 갑자기 마음이 너무 아려오더군. 내가 그토록 기뻐했던 모든 것이, 당연한 일이었지만, 크나큰 불행처럼 끝없는 파멸처럼 느껴지는 거야. 마음속 우수는 점점 커져갔어. 그러다가 상체를 벌떡 일으켰어. 순간 누군가가 다시 간절히

애원하는 목소리로 날 부르는 것 같았지……난 고개를 조금 들었는데 깜짝 놀랐어. 그건 착각이 아니었네. 애절한 외침이 멀리서 날아와 가늘게 떨리며 어두운 창문에 찰싹 달라붙는 거야. 나는 두려움을 느끼고 침대에서 벌떡 일어나 창문을 활짝 열었네. 명료한 신음 소리는 방 안으로 쏟아지더니 내 앞에서 맴도는 것 같았어. 공포에 질려 온몸을 떨며 사라져가는 마지막 여운에 귀를 기울였지. 흡사 아득히 먼 곳에서 불행한 누군가가 살해당하며 부질없이 용서를 비는 것 같았어. 숲속에서 부엉이가 울었던 건지 아니면 다른 동물이 신음 소리를 낸 건지 난 알려고 하지 않았지만 마제파가 코츄베이에게 한 것처럼 나 역시 불길한 소리에 답했다네.

"베라, 베라! 당신이 부르는 거요?"

내가 소리쳤어.

잠에 취한 치모페이가 깜짝 놀라 달려오더군.

나는 정신을 가다듬고 물 한 잔을 마신 다음 다른 방으로 갔네. 하지만 잠은 오지 않았어. 마음이 찢어지는 듯 아팠지. 더 이상 행복한 상상에 빠져 있을 수가 없었네. 이미 행복은 저 멀리 날아가버렸어.

이튿날 식사도 들지 않고 나는 프리임코프 집으로 갔어. 그는 걱정스러운 표정으로 나를 맞이했지.

"아내가 아픕니다."

프리임코프가 입을 열었어.

"침대에 누워 있어요. 의사를 부르러 사람을 보냈습니다."

"어떻게 된 일입니까?"

"모르겠어요. 어제 저녁, 아내가 정원으로 가는 것 같았는데 갑자기 잔뜩 겁에 질린 얼굴로 돌아왔어요. 제 정신이 아닌 듯 보였지요. 하녀가 나를 부르러 왔기에 얼른 달려가서 왜 그러느냐고 물었지만 아내는 아무 말도 하지 않고 그대로 자리에 눕더군요. 그러더니 밤부터 헛소리를 하는 거예요. 도무지 알 수 없는 말을 하는데 당신 이야기도 하더군요. 그런데 하녀가 놀라운 말을 전하더군요. 글쎄 베라가 정원에서 돌아가신 장모님을 보았다는 거예요. 장모님이 두 팔을 활짝 벌린 채 아내에게 다가오는 것처럼 보였다고요."

이 말을 들었을 때 내 심정이 어땠을지 자네는 아마 짐작할 수 있을 거야.

"물론 그건 말도 안 되는 소리죠."

프리임코프는 말을 계속했네.

"하지만 솔직히 말해서 아내에게는 이런 이상한 일이 가끔 일어나곤 했습니다."

"그런데 베라 니콜라예브나는 몸이 아주 안 좋은가요?"

"네, 안 좋아요. 새벽에는 정말 걱정스러울 정도였습니다. 지금은 혼수상태이구요."

"의사는 뭐라고 하던가요?"

"아직 병명이 확실하지 않다더군요……."

3월 12일

사랑하는 친구여, 나는 이미 이 편지를 처음처럼 쓸 수가 없네. 그것은 나에게 너무나 큰 노력을 요구하고 견딜 수 없는 상처를 건드리기 때문이야. 의사의 말에 따르면 병명은 명확해졌고 베라는 그 병으로 죽은 것이라네. 베라는 우리의 밀회가 이루어진 운명적인 날로부터 이 주일도 살지 못했네. 나는 임종 직전에 베라를 다시 한 번 만날 수 있었어. 나에게 그보다 더 가혹한 기억은 없네. 그때 나는 의사로부터 더 이상 가망이 없다는 말을 들은 후였지. 밤늦게 집안사람들이 모두 잠든 뒤 나는 그녀의 침실에 몰래 들어가 방 안을 가만히 둘러보았어. 베라는 눈을 감은 채 침대에 누워 있더군. 몸은 야위어 더 작아졌고 두 뺨은 열병으로 빨갛게 타올랐어. 나는 돌처럼 굳어진 채 베라를 바라보았지. 그런데 갑자기 그녀가 눈을 뜨고 똑바로 나를 쳐다보더군. 그러더니 앙상하게 마른 손을 내밀며 입을 열었어.

이 성스러운 곳에서 그대 무엇을 찾는가,

나를…… 이 나야말로…….

-『파우스트』1부 마지막 장

베라의 목소리가 너무나 무서워서 난 그 방을 뛰쳐나오고 말았네. 베라는 앓는 내내 『파우스트』와 어머니에 대한 말만 쉴 새 없이 해댔어. 베라는 어머니를 마르타 혹은 그레트헨 어머니로 부르더군.

베라는 죽었어. 장례식에 참석했지. 난 그 이후 모든 것을 버리고 이곳에 왔네, 정착할 생각이야.

지금까지 자네한테 한 말을 생각해보게. 너무도 빨리 떠나버린 존재, 베라에 대해 생각해봐. 어떻게 그런 일이 일어날 수 있는지. 죽은 자가 산 자의 인생을 간섭하는 이 불가사의한 상황을 무어라고 해석해야 좋을지. 그건 나도 모르고 또 영원히 알 수 없겠지. 하지만 내가 세속을 떠나온 것은 자네 말처럼 단순한 우수의 발작 때문이 아니라는 것만은 이해해 주기 바라네. 나는 자네가 알던 예전의 내가 아니야. 예전에 믿지 않았던 많은 것을 난 지금 믿게 되었어. 그동안 나는 그 불쌍한 여인(하마터면 아가씨라고 부를 뻔했네)과 그녀의 출신, 또 눈 먼 우리가 눈 먼 우연이라 부르는 운명의 신비로운 장난 등에 대해 여러 모로 생각해보았네. 이 세상 모든 인간이 자신이 죽은 후에야 비로소 발아하는 그런 씨를 얼마나 남기는지 아무도 몰라. 한 인간의 운명이 자식, 후손의 운명과 어떤 은밀한 사슬로 연결되는지, 인간의 갈망이 후손에게 어떻게 반영되는지, 인간의 과오는 또 후손에게서 어떤 형식으로 보상되는지, 그 누가 알 수 있겠나? 우리 모두는 다만 순응하고 '미지' 앞에 고개를 숙여야만 하네.

베라는 아, 베라는 이제 이 세상에 없어. 그런데 난 살아 있군. 내가 아직 어렸을 때 우리 집에는 투명한 석고로 만든 아름다운 꽃병이 하나 있었지. 처녀같이 순결한 그 순백색 피부에는 얼룩 한 점 없었어. 어느 날 난 집에 혼자 있게 되었는데 꽃병이 서 있는 받침대를 흔들기 시작했어……갑자기 꽃병이 떨어졌고 산산이 부서지고 말았어. 나는 너무나 무서워서 온몸이 마비된 채 파편 앞에 꼼짝도 못하고 서 있었지. 아버지가 돌아와서 나를 보더니 이렇게 말하시더군…….

"쯧쯧, 네가 무슨 짓을 했는지 좀 봐라! 이제 더 이상 아름다운 꽃병을 볼 수 없게 되었구나. 너는 돌이킬 수 없는 잘못을 저지른 거야."

나는 목 놓아 엉엉 울었지. 엄청난 죄를 진 것 같았어.

이제 나는 어른이 되었지만 경솔한 탓에 그보다 천 배나 더 귀중한 것을 깨뜨리고 만 거야…….

이토록 순간적인 결말을 예상치 못했다든가, 베라의 갑작스러운 행동에 나 스스로도 놀랐다든가, 베라가 어떤 사람인지 미처 생각지 못했다든가, 이런 말을 난 스스로에게 부질없이 늘어놓고 있다니. 베라는 정말 마지막 순간까지 침묵을 지켰어. 난 그녀를 사랑한다고 느꼈을 때, 남편 있는 여자를 사랑한다고 느꼈을 때 즉시 도망쳐야 했어. 하지만 난 그러지 않았지. 그 결과 아름다운 피조물 하나가 산산조각으로 부서지고만 거야. 그리고 난 내가 저지른 결과를 침묵의 절망 속에서 바라보고 있을 뿐이네.

그래, 옐초바 부인은 질투에 가깝게 자기 딸을 지키려 했어. 그리고 부인은 끝까지 딸을 보호했지. 딸이 신중치 못한 첫 발을 내딛자 지체 없이 저 세상으로 데려갔으니까.

이제 마무리해야겠네……하고 싶은 말은 백 분의 일도 못했지만 나로서는 이것만으로도 충분해. 마음속에 떠올랐던 모든 상념도 다시금 바다 깊숙이 가라앉을 거야……펜을 놓으며 한마디만 하겠네. 최근 몇 년 간의 경험에서 난 확신 하나를 얻었어. 인생은 농담이나 오락이 아니라는 것, 인생은 유희조차 아니라는 것…… 인생은 힘겨운 노동이라는 것. 금욕, 끊임없는 금욕, 이것이 바로 인생의 숨겨진 의미요, 인생의 수수께끼를 푸는 열쇠라네. 좋아하는 사상이나 욕망이 제아무리 숭고하다 해도 그것들을 실행에 옮기는 것은 중요하지 않아. 중요한 것은 바로 의무를 이행하는 것이며 이것만이 인간의 유일한 관심사가 되어야 해. 자기 몸에 의무의 사슬을, 의무는 쇠사슬을 묶지 않고는 인생행로의 종착역까지 무사히 도달할 수 없을 테니까. 누구든지 젊은 때는 자유로울수록 더 좋은 것이며, 자유로울수록 더 많이 발전할 수 있다고 생각하지. 젊을 때엔 그런 생각도 허용된다네. 하지만 진리의 준엄한 얼굴이 마침내 자기 자신을 향해 정면으로 응시하며 섰을 때 거짓 감성으로 스스로를 위로하는 짓은 부끄러운 일이야.

잘 있게나! 예전 같았다면, 행복하게, 하고 덧붙였겠지. 하지만 지금은 이렇게 말하겠네. 인생을 살도록 노력하게. 생각처럼 그리 쉽지 않을 거야. 그리고 나를 기억해주게나. 슬플 때 말고 상념에 잠길 때 말이야. 그리고 베라를, 그녀의 티 없이 맑고 순수한 그 모습을 마음속 깊이 간직해주기 바라네……그럼 다시 한 번 잘 있게!

자네 친구 P. B로부터

이상한 이야기

✝

십오 년쯤 되었을 겁니다. ─ H는 이렇게 말을 시작했다. ─ 직장
일 때문에 저는 T***현의 어느 도시에서 며칠 동안 머물게 되었
지요. 저는 꽤 근사한 호텔에 묵었는데 그 호텔은 벼락부자가 된
어떤 유대인 재봉사가 세운 것으로 제가 도착하기 반년쯤 전에 완
공되었습니다. 흔히 그렇듯이 그 호텔 역시 그리 오래가지는 못했
지요. 하지만 제가 머물 때만 해도 호텔은 아주 화려했습니다. 새
가구는 번쩍이는 광택을 마치 권총처럼 밤마다 쏘아댔고 침대보,
식탁보, 냅킨에서는 향긋한 비누 냄새가 풍겼지요. 새로 칠한 바
닥에서는 니스 냄새가 났는데, 상당히 세련되었지만 차림새가 그

리 말쑥하지 못한 호텔 종업원의 말에 따르면 니스가 해충을 막는 데 효과가 있다고 하더군요. 과거 G공작의 시종이기도 했던 이 종업원은 거만한 태도와 지나친 자신감으로 유명한 사람이었습니다. 양 볼이 온통 여드름투성이인 종업원은 남에게 얻어 입은 연미복에 아주 낡은 구두를 신고 겨드랑이에는 냅킨을 늘 끼고 다녔습니다. 그는 땀으로 흥건한 양팔을 이리저리 흔들어대며 짤막하지만 인상적인 말을 내뱉곤 했습니다. 종업원은 제가 자신의 교양과 지식을 인정해줄 수 있는 사람이라 생각해서 저에게 여러모로 도움을 주었습니다. 하지만 종업원은 삶을 비관적으로 바라보았습니다. 어느 날인가는 저에게 이렇게 말하더군요.

"지금 우리 처지가 어떤가요? 다 아는 사실이에요. 한마디로 고행길이지요."

종업원의 이름은 아르달리온이었습니다.

저는 도시의 몇몇 관료들을 찾아가야 했는데, 그때마다 아르달리온은 마차와 하인을 구해주었습니다. 마차나 하인 둘 다 낡아빠지고 형편없긴 마찬가지였지만, 그래도 하인은 제복 차림에, 마차에는 문장 장식이 있었지요. 공식적인 방문을 모두 마친 저는 아주 오래전에 이 도시에 와서 정착해 살고 있는 아버지의 오랜 지인인 어느 지주의 집을 찾아갔습니다. 그분과는 거의 이십여 년 동안 만나지 못했지요. 그사이 그분은 결혼을 하고 행복한 가정을 꾸리며 살다가 부인을 잃었지만 상당한 재산을 모았더군요. 그분은 국영전매업에 종사했어요. 다시 말해 높은 이자를 받고 대여금을 빌려주는 일을 하고 계셨어요…….

"위험을 감수한다는 것은 뜻깊은 일이야!"

물론 이 일에 위험은 거의 없었습니다. 우리가 대화를 나누고 있을 때 한 열일곱 정도 되어 보이는 날씬하고 마른 체격의 소녀가 머뭇거리면서 방 안으로 들어왔습니다.

"소개하지. 얘가 바로 큰딸 소피라네. 죽은 아내를 대신하고 있지. 아내가 죽은 뒤 집안 살림을 도맡아 하고 동생들도 돌보고 있어."

저는 소녀를 향해 다시 한 번 목례를 한 다음(소녀는 그사이 아무 말 없이 의자에 앉았습니다), 그녀가 가정주부나 유모처럼 보이지는 않는다는 생각을 했습니다. 소녀의 동그랗고 앳된 얼굴은 뚜렷한 윤곽을 가지고 있었습니다. 고르지 못한 긴 눈썹 아래의 푸른 눈동자는 마치 뜻밖의 광경을 보기라도 한 듯 주의 깊게 어딘가를 바라보고 있었습니다. 약간 위로 들린 윗입술을 포함해 소녀의 도톰한 입술은 미소를 짓는 일이 거의 없었고 미소가 뭔지조차 모르는 것 같았습니다. 양쪽 뺨에는 장밋빛의 긴 핏줄이 더 많아지거나 적어지는 일 없이 얇은 피부 아래 고스란히 드러났습니다. 자그마한 머리 양쪽으로 풍성한 금발의 머리카락이 탐스럽게 흘러내려 있었습니다. 가슴은 가볍게 숨을 쉬고 있었고, 두 손은 소녀의 연약한 몸 위에 어색하게 얹혀 있었습니다. 어린아이 옷처럼 주름 없는 푸른색 원피스가 소녀의 작은 다리를 덮고 있었습니다. 전체적으로 소녀에게서 받은 인상은 아픔이라기보다는 기묘함 같은 것이었습니다. 제 눈앞에 있는 이 소녀는 단순히 수줍음 많은 시골 아가씨가 아니라 제가 이해할 수 없는 특징을 지닌 독특한 존재였습니다. 이 존재는 저를 끌어당기지도 그렇다고 밀어내지도 않았습니다. 전 모든 것을 제대로 이해할 수 없었지만, 이보다 더 진실한 영혼을 지금껏 만난 적이 없다는 사실만은 확실히 느낄 수 있었습니다. 연민……그렇습니다! 진지하고 신중한 이 젊은 생명이 제 마음속에 불러일으킨 것은 바로 연민이었고, 그 이유는 오직 신만이 알 것입니다!

'이 세상의 것은 아니야.' 마음속에서는 이런 생각이 들었습니다. 비록 그녀의 얼굴 표정에서는 '이상적인' 그 무엇도 찾아볼 수 없었고 마드모아젤 소피가 거실에 온 것 역시 그녀 아버지의 말대로 안주인 역할을 다하기 위해서일 뿐이긴 하지만 말입니다.

***

지주는 T***현에서의 생활과 오락, 편의시설에 관해 말하기 시작했습니다.

"우리 도시는 조용하네. 지사는 약간 우울한 느낌의 사람이고 현 청단장은 독신이거든. 참, 내일 모레 귀족회의실에서 무도회가 벌어질 예정인데. 한번 가보는 것도 괜찮을 걸세. 미인들이 많거든. 게다가 우리 지역의 모든 **인텔리들**도 만날 수 있을 거네."

지주는 대학에서 교육을 받은 사람이라 현학적인 표현을 즐겨 사용했는데 아이러니와 함께 존경심을 담아 말하곤 했습니다. 알려진 것처럼 전매업이라는 것은 위엄과 함께 깊은 통찰력을 길러 줍니다.

"혹시 무도회에 가실 예정이신가요?"

저는 소피를 향해 물었습니다. 실은 그녀의 목소리를 듣고 싶었습니다.

"아빠가 가실 예정이라서요, 저 역시 가야 할 것 같아요."

소피가 대답했습니다.

그녀의 목소리는 조용했고 느릿느릿한 말투였는데 말을 할 때마다 당혹감을 느끼는 것 같았습니다.

"그러시다면 첫 번째 카드리유는 저와 함께 추시겠습니까?"

소피는 승낙의 표시로 고개를 끄덕였지만 이번에도 역시 미소를 짓지는 않았습니다.

저는 곧 그분의 집을 나왔습니다. 그런데 저를 응시하는 그녀의 시선이 하도 이상해서 저는 저도 모르게 고개를 돌려 뒤를 돌아다

보았던 기억이 납니다. 혹시 제 등 뒤에 누가 혹은 무엇이 있는 것
은 아닌가 하고 말입니다.

* * *

호텔로 돌아온 저는 변함없는 줄리앙 수프(soup-julien)[1]와 완
두콩, 커틀릿, 검게 말린 꿩 요리로 식사를 마친 다음 소파에 앉아
깊은 사색에 잠겼습니다. 사색의 대상은 지인의 신비스러운 딸 소
피였습니다. 하지만 식탁을 치우고 있던 아르달리온은 저의 사색
이 무료함에서 오는 것이라고 해석한 모양이었습니다.

"사실 저희 도시에는 외부 손님들이 즐길 오락거리가 별로 없
긴 하지요."

아르달리온은 평소와 마찬가지로 약간은 건방진 말투로 친근하
게 말을 건넸습니다. 여전히 지저분한 냅킨으로 의자를 닦으면서
말입니다. 이것은 교양 있는 하인들에게만 볼 수 있는 행동이었습
니다.

"정말 없어요!"

그러고 난 뒤 아르달리온은 잠시 입을 다물었습니다. 그러자 하
얀 숫자판에 보라색 장미가 새겨진 거대한 괘종시계가 단조롭고

---

1   러시아에서 주로 봄이나 여름에 즐겨먹는 야채 수프.

둔탁한 소리를 냈습니다. 마치 아르달리온의 말에 동의하는 것 같았습니다. '저-엉-말! 정-말!' 뒤이어 시계는 째깍째깍 소리를 냈습니다.

"콘서트도 없고 연극 공연도 없지요."

아르달리온은 계속해서 말을 했습니다(그는 주인과 함께 해외의 여러 곳을 다녔었고 아마 파리에도 가본 것 같았습니다. 또 무식한 농부들이 '연극'이란 단어를 '영극'으로 잘못 발음한다는 사실도 알고 있었지요).

"예를 들어 춤도 없고 귀족 나리들 간에 만찬 모임도 없지요. 하여튼 아무것도 없어요(이쯤해서 아르달리온은 잠시 말을 멈추었습니다. 아마도 자신의 교양 있는 언변을 제가 의식했으면 하는 것 같았습니다). 서로 만나는 일 자체가 드물지요. 모두가 무슨 고양이처럼 자기 말뚝 위에 죽치고 앉아 있을 뿐이지요. 그러니 먼 곳에서 오신 손님들은 정말로 갈 데가 없는 거예요."

아르달리온은 저를 힐끔 쳐다보았습니다.

"그런데 말이에요."

잠시 뜸을 들인 뒤 아르달리온이 다시 슬며시 말을 걸었습니다.

"만약에 나리께서 그런 데 호기심이 있으시다면 말입니다."

아르달리온은 또다시 저를 쳐다보면서 야릇한 미소를 지었습니다. 하지만 이쯤에서 당연히 드러나야 할 호기심을 아르달리온은 저의 표정에서 찾아낼 수 없었습니다.

고상한 종업원은 문 쪽으로 다가가 잠시 생각을 하더니 다시 제 쪽으로 돌아와 자리에서 잠시 머뭇거리다가는 제 귀에 대고 장난스럽게 속삭였습니다.

"나리, 혹시 죽은 사람을 만나고 싶지 않으세요?"

* * *

저는 깜짝 놀라 그를 쳐다보았습니다.

"네. 우리 동네에 어떤 사람이 있는데요. 그냥 평범한 사람이요, 아니 글도 읽을 줄 몰라요. 하지만 기적 같은 일을 하지요. 만약에 나리께서 그 사람을 찾아가서, 나리 아는 사람 중에 어떤 죽은 사람을 만나고 싶다고 하면 나리께 그 사람을 보여준다는 거지요."

아르달리온은 이제 속삭이며 말했습니다.

"아니, 어떻게 그런 일이 가능하지요?"

"그건 그 사람의 비밀이지요. 그 사람은 비록 글도 못 읽지만요, 솔직히 말하면 말도 잘 못해요. 하지만 그가 가진 신성함이란 정말 놀라워요. 이곳 상인들도 그 사람을 아주 존경하지요!"

"그럼 이 지역 사람들은 모두 그 사실을 알고 있단 말인가?"

"알 만한 사람들은 다 알지요. 물론 경찰에서는 위험하다며 주시하고 있지요. 뭐, 어쨌든지 간에 이런 행위는 금지된 것이니까요. 우둔한 민중이 혹할 수 있다는 거지요. 우둔한 민중이란 것들은 여차하면 폭도로 돌변해서 걸핏하면 주먹질이니까요."

"그럼 당신도 죽은 사람을 보았나요?"

저는 아르달리온에게 물었습니다. 저는 이토록 교양 있는 사람에게 차마 반말을 할 수가 없었습니다.

아르달리온은 고개를 끄덕였습니다.

"보았지요. 아버지께서 마치 살아계신 것처럼 제 앞에 나타나셨으니까요."

저는 아르달리온을 빤히 쳐다보았습니다. 아르달리온은 빙그레미소를 지으며 냅킨으로 장난을 치고 있었습니다. 그러더니 저를 거만하지만 확신에 찬 눈빛으로 바라보았습니다.

"그거 정말 재미있을 것 같군요! 그 사람을 소개시켜줄 수 있나요?"

"그 사람과 직접은 안 됩니다. 그 사람 엄마를 통해야 돼요. 존경받는 노인네지요. 다리 위에서 사과피클을 팔아요. 원하신다면 제가 물어봐 드리지요."

"부탁드릴게요."

아르달리온은 손으로 가리고 헛기침을 했습니다.

"아, 그리고 나리의 고마운 마음은요, 작은 성의 표시 말입니다, 그것 역시 노파한테 하시면 될 것입니다. 그럼 저는요, 그 노파한테, 나리를 두려워할 필요가 전혀 없다고 일러두지요. 왜냐하면 나리는 그저 지나가는 방문객일 뿐이고, 또 지체 높은 분이기 때문이지요. 당연한 말이지만, 이건 진짜 비밀이기 때문에 어떠한 경우에도 절대 문제를 일으켜서는 안 된다는 사실, 명심하셔야 합니다."

그러고는 아르달리온은 쟁반을 한 손에 쥔 채 몸을 이리저리 흔들며 문 쪽으로 걸어갔습니다.

"그럼 당신만 믿고 있으면 되나요?"

제가 아르달리온의 등 뒤에 대고 소리를 쳤습니다.

"그럼요!"

자신만만한 그의 목소리가 들려왔습니다.

"노파랑 얘길 해보고 대답은 나리께 그대로 전해올리지요."

* * *

아르달리온이 말한 평범치 않은 이야기가 제 마음속에 어떤 생각을 불러 일으켰는지에 대해서는 굳이 설명하지 않겠습니다. 하지만 그가 약속한 노파의 대답을 목이 빠지게 기다렸다는 사실은 인정하지 않을 수 없습니다. 아르달리온이 저녁 늦게 찾아와 아쉬운 소식을 전했습니다. 노파를 찾을 수가 없었답니다. 저는 그를 격려하는 차원에서 삼 루블짜리 지폐 한 장을 건넸습니다. 다음 날 아침 아르달리온은 기쁨에 찬 얼굴로 저를 다시 찾아왔습니다. 노파가 저와의 만남을 승낙했다는 것입니다.

"어이, 꼬마야! 꼬마 직공! 들어와!"

아르달리온이 복도를 향해 외쳤습니다.

그러자 새끼 고양이처럼 새까만 그을음투성이에 예닐곱 살 정도 되어 보이는 사내아이가 들어왔습니다. 짧게 깎은 머리 군데군데는 아예 머리카락이 없었고 너덜너덜한 작업복에 거대한 장화를 신고 있었습니다.

"자, 여기에 있는 나리를 모셔다 드려라. 어디로 모시는지는 알고 있지?"

아르달리온은 저를 가리키며 아이에게 말했습니다.

"나리께서는 그곳에 도착하시면 마스트리지야 카르포브나를 찾으시면 됩니다."

아이는 목쉰 소리로 뭔가를 중얼거렸고 우리는 즉시 출발했습니다.

* * *

우리는 T***현의 비포장 거리를 한참 동안 걸었습니다. 가장

인적 드물고 음침한 거리에 있는 낡고 작은 이 층짜리 목조주택 앞에 이르러 드디어 아이는 걸음을 멈췄습니다. 그러고는 소매 끝으로 코를 한 번 훔치더니 이렇게 말했습니다.

"여기예요. 오른쪽으로 가세요."

저는 현관 계단을 올라가 집 안으로 들어가서 오른쪽으로 향했습니다. 낮은 문의 녹슨 문고리에서 끼익 소리가 났습니다. 제 앞에는 뚱뚱한 노파가 서 있었습니다. 노파는 토끼 가죽으로 안감을 댄 따뜻한 갈색 상의를 입고 머리에는 알록달록한 수건을 쓰고 있었습니다.

"마스트리지야 카르포브나인가요?"

제가 물었습니다.

"네, 맞습니다."

노파가 카랑카랑하고 높은 목소리로 대답했습니다.

"이리로 오시지요. 여기 이 의자에 앉으시겠어요?"

노파가 데리고 들어간 방은 몸을 움직일 수도 없을 정도로 온갖 잡동사니와 넝마, 베개, 깃털, 보따리들이 가득 차 있었습니다. 먼지 자욱한 두 개의 창문을 통해 가느다란 햇살이 겨우 들어오고 있었습니다. 저쪽 구석에 잔뜩 쌓인 상자 너머에서……가냘픈 신음이 흘러나왔습니다. 몸이 아픈 아이나 강아지 같았지요. 저는 의자에 앉았고, 노파는 바로 제 앞에 섰습니다. 노파의 얼굴은 누르스름하고 밀랍처럼 반투명한 빛을 띠고 있었습니다. 입술은 움푹 들어가 있어서 수많은 주름살 중 가로로 놓인 주름살 하나가 유독 눈에 띄었습니다. 머릿수건 밑으로 백발의 머리카락이 한 움큼 삐져나와 있었습니다. 노파의 붉게 충혈된 회색빛 눈동자는 축 처진 이마 뼈 아래에서 민첩하게 주변을 살피고 있었습니다. 끝이 뾰족한 코는 마치 송곳처럼 돌출된 채 벌름거리며 공기를 들이마셨는데, '난 말이야, 사기꾼이라고!' 하고 말하는 듯했습니다. '흠, 노인네가 만만치 않겠어!' 저는 속으로 생각했습니다. 게다가 노파에게선 보드카 냄새가 났습니다.

저는 방문한 목적에 대해 설명했습니다. 노파도 아마 알고 있었을 테지만요. 노파는 빠르게 눈을 깜박거리며 제 말을 주의 깊게 들었는데 코를 날카롭게 들이대는 모양이 금방이라도 쪼아 먹을 기세였습니다.

"네, 네."

마침내 노파가 말문을 열었습니다.

"아르달리온이 말씀해줬지요, 그럼요. 나리께 제 아들놈, 바샤의 기술이 필요하다고요……단지 저희는 좀 의심스러워서요, 그렇습죠, 나리……."

"무슨 일로 그러십니까?"

저는 노파의 말을 가로막으며 말했습니다.

"저에 관해서는 안심해도 됩니다……밀고 따위를 하는 사람이 아니니까요."

"에구머니나, 나리도 참."

노파가 잽싸게 말을 가로챘습니다.

"무슨 말씀을요? 나리의 고귀한 성품에 대해서 저희가 감히 의심을 하다니요! 그리고 또 뭣 때문에 저희를 밀고하겠는지요? 저희가 무슨 죄지을 만한 행동을 하는 것도 아니고요. 제 아들놈은 뭔가 부정한 일을 한다든가, 주술로 장난을 친다든가, 그런 일에 동의하는 그런 놈이 절대로 아닙니다, 나리……어림도 없는 소리지요, 우리 전능하신 성모님이시여!(노파는 세 번에 걸쳐 성호를 그었습니다). 제 아들놈이야말로 우리 현 전체를 통틀어서 최초의 기도자이고 처음으로 정진하는 사람입니다. 나리, 처음이라고요, 처음! 위대하신 은총이 아들놈에게 내린 것이지요. 틀림없습니다. 어쩌겠어요! 그것은 물론 제 아들놈이 하는 일이 아닙니다. 그건 말이지요, 나리, 저 높은 곳에서만이 하실 수 있는 일입니다, 암요."

"그러니까 승낙한다는 거요? 당신 아들과는 언제 만날 수 있는 거지요?"

제가 물었습니다.

노파는 다시금 눈을 깜박이면서 둘둘 뭉친 손수건을 한쪽 소매에서 꺼내 다른 쪽 소매로 쑤셔 넣곤 하였습니다.

"에그, 나리, 나리, 저희는 그저 좀 의심스러워서요……."

"저, 마스트리지야 카르포브나, 저의 조그만 성의요."

저는 노파의 말을 가로막으며 십 루블짜리 지폐를 내밀었습니다.

순간 노파는 부엉이의 살찐 발톱같이 생긴 굽은 손으로 지폐를 잽싸게 낚아채더니 소매 안에 쏙 집어넣었습니다. 노파는 잠시 생각에 잠겼고 마치 어려운 결정을 내린 듯 두 손으로 허벅지를 탁 쳤습니다.

"오늘 저녁 일곱 시 좀 넘어서 이리로 오세요."

노파는 예전과 다른 위엄 있고 조용한 목소리로 말하기 시작했습니다.

"다만 이 방이 아니고요, 곧바로 이 층으로 올라가세요. 그럼 왼쪽에 문이 나올 겁니다. 그 문을 열고 들어가세요. 나리, 방에는 아무도 없을 거예요. 그리고 의자 하나가 보일 겁니다. 그 의자에 앉아 기다리면 됩니다. 나리 눈에 무엇이 보이든 간에 절대로 말을 하지 마시고, 아무 행동도 하지 마세요. 제 아들놈과도 절대 말을 하면 안 됩니다. 왜냐하면 아들놈이 아직 어리고 또 간질을 앓고 있어서 아주 쉽게 놀라니까요. 마치 병아리처럼 경련을 일으키고 몸을 떠는데, 그렇게 되면……아주 안 좋아요!"

저는 노파를 쳐다보았습니다.

"아들이 아직 어리다고요? 하지만 만약 당신 아들이라면……."

"에이그, 가슴으로 낳은 아들입니다, 나리, 정신적인 아들이요! 제가 기르는 고아가 한둘이 아닙니다!"

노파는 애처롭게 신음이 들리는 구석을 향해 머리를 흔들더니 이렇게 덧붙였습니다.

"오, 오, 하느님, 성모 마리아님! 자, 그럼 나리께서는 여기로 오시기 전에 머릿속으로 잘 생각하고 오세요. 돌아가신 친지나 지인분들 중에, 오! 그 분들에게 천상의 축복이 함께 하시기를! 어떤분이 보고 싶으신지 말이지요. 머릿속에 한 분씩 떠올려보시고요, 보고 싶은 분을 결정하셨으면 머릿속에 단단히 잡아놓으세요, 제아들놈이 올 때까지 단단히 잡아놓으셔야 됩니다!"

"그런데 제가 누굴 결정했는지 당신 아들한테 직접 말하면……."

"절대, 절대로 안 됩니다, 나리, 한 마디도 하시면 안 됩니다. 아들놈이 직접 나리 머릿속에서 필요한 것을 열어 보여줄 테니까요. 하여튼 나리께서는 그 선택한 분을 머릿속에 단단히 잡아두기만 하면 되지요. 그리고 식사하실 때 포도주 두세 잔 정도 하세요. 포도주란 언제든 도움이 되는 물건입니다."

노파는 웃음을 터뜨리더니 입맛을 다시고 나서 손으로 입가를 훔치고 한숨을 내쉬었습니다.

"자, 그럼 일곱 시 반에 오면 되는 거지요?"

저는 자리에서 일어나며 물었습니다.

"일곱 시 반이요, 나리, 일곱 시 반."

마스트리지야 카르포브나는 안심시키듯 대답했습니다.

* * *

저는 노파와 헤어지고 호텔로 돌아왔습니다. 저를 바보로 만들려는 수작이 분명했습니다. 다만 '어떤 식으로?'라는 점이 저의 호기심을 자극했습니다. 아르달리온과는 두세 마디 말밖에는 나누지 않았습니다.

"만나게 해준답니까?"

아르달리온이 눈썹을 찌푸리며 물었습니다. 저의 긍정적인 답변을 듣고는 탄성을 질렀습니다.

"그 할머니는 여장부라니까요!"

저는 '여장부'의 조언대로 돌아가신 지인들을 차례로 머릿속에 떠올리기 시작했습니다. 상당히 오랫동안 궁리한 끝에 이미 오래전에 돌아가신 예전 저의 가정교사였던 프랑스 노인으로 결정했습니다. 제가 그를 선택한 이유는 특별한 애틋함이 있어서가 아니었습니다. 단지 가정교사의 생김새가 너무나도 독특하고 다른 사람들과 닮은 점이 없어 혹시라도 누군가 그를 흉내 내려 해도 절대 불가능하기 때문이었습니다. 가정교사의 머리는 엄청나게 크고 풍성한 백발의 머리카락은 뒤로 빗겨진 모습이었습니다. 짙고 검은 눈썹에 매부리코였고 이마 한가운데에는 보라색의 커다란 사마귀 두 개가 있었습니다. 가정교사는 납작한 구리 단추가 달린 연녹색 연미복에, 깃을 꼿꼿이 세운 줄무늬 조끼를 입곤 했습니다. '만약 그 남자가 내 가정교사 미스터 데세르를 보여준다면, 흠, 그땐 그가 마법사란 사실을 인정해야겠지!' 저는 속으로 생각했습니다.

식사를 하면서 저는 노파의 조언에 따라 포도주 한 병을 마셨습니다. 아르달리온의 말에 따르면 최고급이라는 남부 프랑스산 포도주였지만 술잔 바닥에는 진한 백단 침전물이 그리고 입안에는 탄 코르크의 강한 뒷맛이 남았습니다.

정확히 일곱 시 반. 저는 존경하는 마스트리지야 카르포브나와 대화를 나누었던 그 집 앞에 서 있었습니다. 창문의 덧문은 모두 굳게 닫혀 있었지만 대문은 활짝 열려 있었습니다. 저는 집으로 들어가 위태위태한 계단을 따라 이 층으로 올라갔습니다. 문을 열고 들어가자 노파가 말한 대로 널찍한 빈 방이 눈에 들어왔습니다. 창가에 놓인 양초가 방 안을 희미하게 비추고 있었습니다. 현관문 반대편 벽에는 등나무 의자 하나가 놓여 있었습니다.

저는 그즈음 까맣게 변한 양초에서 심지를 떼어낸 다음 의자에 앉았습니다. 기다리는 동안 십여 분은 빠르게 지나갔습니다. 방에는 단 하나도 관심을 끌 만한 것이 없었습니다. 하지만 저는 바스락거리는 소리에도 귀를 기울였고, 닫힌 문을 주의 깊게 응시했습니다……심장이 두근거렸습니다. 십여 분이 지나고 또 십여 분이 흘렀습니다. 그리고 삼십 분, 사십오 분. 무엇이든 움직이는 게 하나라도 있으면 좋으련만! 저는 제가 있다는 것을 알리기 위해 일부러 헛기침을 몇 번 했습니다. 슬슬 지루해지면서 급기야 화가 나기 시작했습니다. **이따위 방식으로** 제가 등신 취급을 받을 줄은 전혀 예상치 못했으니까요. 저는 의자에서 일어나 창가의 양초를 들고 아래로 내려가야겠다고 생각했습니다……촛불을 보았습니다. 촛불 심지가 다시금 버섯 모양으로 활활 타오르기 시작했습니다. 창문에서 현관으로 시선을 옮기는 순간 저는 흠칫 놀랐습니다. 문에 기댄 채 어떤 사람이 서 있었습니다. 얼마나 소리 없이 민첩하게 들어왔는지 제 귀에는 아무 소리도 들리지 않았습니다.

* * *

남자는 평범한 푸른색 카프탄 차림이었습니다. 중간 정도의 키에 상당히 건장한 체구의 소유자였습니다. 남자는 등 뒤에 두 손을 대고 저를 응시하고 있었습니다. 희미한 불빛 아래에서 남자의 모습을 자세히 볼 수는 없었습니다. 다만 이마로 흘러내린 헝클어진 머리카락과 약간 비뚤어진 입술, 새하얀 눈동자만이 보일 뿐이었습니다. 남자와 이야기를 나누려다가 문득 마스트리지야 카르포브나의 충고가 떠올라 입술을 지그시 깨물었습니다. 남자는 계속해서 저를 쳐다보았고 저 역시 남자를 바라보았습니다. 그런데 참 이상한 일이 생겼습니다! 저는 순간 두려움 비슷한 것을 느끼며 마치 명령에 따르듯이 저의 옛날 가정교사를 머릿속에 떠올리기 시작했습니다. **그 남자는** 여전히 문가에 서서 거칠게 숨을 쉬고 있었습니다. 마치 가파른 산 위를 오르거나 무거운 짐을 들어 올리는 것 같았습니다. 남자의 두 눈이 점점 커지면서 저를 향해 조금씩 다가오는 것 같았습니다. 집요하고 불쾌하고 준엄하기까지 한 남자의 시선 때문에 저는 왠지 불편해졌습니다. 이따금씩 남자의 눈은 사악한 내부의 불빛으로 활활 타오르기도 했습니다. 저는 그런 눈빛을 사냥개에게 본 적이 있습니다. 사냥개가 토끼를 '주시'할 때였습니다. **그 남자는** 사냥개처럼 제가 '쫓아버리려 할 때마다', 즉 제가 시선을 옆으로 돌리려 할 때마다 온몸을 다해 제 눈을 좇으며 저를 쳐다보고 있었습니다.

＊＊＊

  그렇게 얼마의 시간이 지났을까요? 일 분. 아니면 십오 분. 남자
는 여전히 저를 바라다보고 있었습니다. 저 역시 일종의 불편함과
두려움을 함께 느끼면서 여전히 프랑스인 가정교사에 대해 생각
하고 있었습니다. 두 번인가 저는 스스로에게 이렇게 말하고 싶었
습니다. '뭐야, 이게 무슨 한심한 짓이람! 이건 코미디야!' 미소를
짓고 어깨를 한번 으쓱하고도 싶었습니다……모두가 헛수고였습
니다! 어떤 결정이든 제 몸 안에서 단번에 '마비되었습니다' 이 단
어 외에 저는 다른 어떤 단어도 생각해낼 수가 없었습니다. 정말
온몸에 마비가 온 것 같았습니다. 문득 **그 남자가** 벌써 문가에서 저
를 향해 한 걸음 혹은 두 걸음 정도 가까이 다가온 것을 느꼈습니
다. 그러고는 두 발로 폴짝 뛰어서 더 가까이 제게 다가왔습니다.
……그러곤 더 가까이……더 가까이. 남자의 준엄한 시선은 여전
히 제 얼굴을 뚫어져라 응시하였고, 두 손은 여전히 뒷짐을 진 채
널찍한 가슴은 거친 숨을 몰아쉬고 있었습니다. 남자가 폴짝 뛰었
을 때 그 모습이 우습기도 했지만 동시에 무서웠습니다. 더는 아
무것도 이해하지 못하게 되었을 때 갑자기 졸음이 쏟아지기 시작
했습니다. 눈꺼풀이 저절로 감겨져 내려왔습니다……푸른색 카
프탄을 입은 허연 눈동자의 텁수룩한 존재가 순간 두 개로 보이

더니 갑자기 흔적도 없이 사라져버렸습니다! 가슴이 두근거렸습니다. **남자는** 여전히 문과 저 사이에, 하지만 훨씬 더 가까이에 서 있었습니다……그러더니 다시 사라졌습니다. 마치 안개가 남자를 뿌옇게 덮은 것 같았습니다. 그러고는 다시 나타났다가……사라졌다가……다시 나타났습니다……그렇게 남자의 글그렁거리는 거친 숨소리가 점점 가까워지더니 어느덧 바로 제 앞까지 왔습니다……다시 안개가 자욱해지는가 싶더니 문득 안개 속에서 미스터 데세르의 백발이, 노인의 모습이 명확히 보이기 시작했습니다! 미스터 데세르였습니다. 사마귀하며 시커먼 눈썹하며 매부리코까지! 연녹색 연미복, 구리 단추, 줄무늬 조끼, 주름 장식……저는 외마디 비명을 지르며 엉거주춤 자리에서 일어났습니다……프랑스 노인은 사라졌고 그 자리에는 다시 푸른색 카프탄을 입은 남자가 서 있었습니다. 남자는 비틀거리며 벽 쪽으로 다가가 머리와 두 손을 벽에 기댄 채 기진맥진한 말처럼 가쁜 숨을 몰아쉬며 쉰 소리로 말했습니다.

"차茶!"

어디에서 나타났는지 노파가 급하게 남자에게로 뛰어갔습니다.

"바샤, 우리 바샤."

노파는 연신 남자의 이름을 부르며 머리와 얼굴에서 비 오듯 쏟아지는 땀을 걱정스러운 표정으로 닦아주기 시작했습니다. 저도 그쪽으로 가려 했지만 갑자기 노파가 찢어지는 목소리로 외쳤습니다.

"나리! 나리, 살려주세요, 제발 떠나주세요!"

저는 순순히 그녀의 말에 따랐습니다. 노파는 다시 아들을 보며 말했습니다.

"에구에구, 우리 아가, 내 아들."

노파는 아들을 진정시켰습니다.

"그래그래, 지금 차를 갖다주마, 지금 갖다줄게. 나리, 나리께서도 나리 거처로 가셔서 차를 마셔야 합니다!"

노파가 제 등에 대고 소리쳤습니다.

* * *

숙소로 돌아온 저는 노파가 말한 대로 차를 가져오라고 일렀습니다. 피곤이 몰려왔습니다. 무기력감까지 느꼈습니다.

"어떻게 되었나요? 나타났나요? 보이던가요?"

아르달리온이 물었습니다.

"네, 그 사람은 저에게 정확히 뭔가를 보여주었어요……솔직히 말해서 전혀 예상치 못한 일입니다."

제가 대답했습니다.

"대단한 사람이지요! 이곳 상인들로부터도 엄-청-난 존경을 받고 있다니까요!"

아르달리온이 사모바르(Samovar)[2]를 내가며 말했습니다.

저는 자리에 누워 오늘 일을 곰곰이 더듬어 보았습니다. 그러고는 마침내 해답을 찾을 수 있었습니다. 남자는 확실히 엄청난 자력을 소유한 자였습니다. 그래서 제가 알 수 없는 어떤 방법으로 신경을 자극해 결국은 제가 생각하고 있는 노인의 모습이 눈앞에 보인다고 느끼게끔 만드는 것이지요……과학에서는 느낌의 자리 옮김 같은 '전이(metastasis)' 현상이 알려져 있으니까요. 멋진 일이지요. 하지만 그런 작용을 일으킬 수 있는 능력은 여전히 뭔가 놀랍고 신비스러운 인상으로 남았습니다.

저는 생각했습니다.

'어찌 됐든 간에 봤으니까. 죽은 가정교사가 내 눈앞에 보였으니까 말이야!'

* * *

다음 날 귀족회의실에서 무도회가 열렸습니다. 소피의 아버지가 찾아와 제가 그의 딸에게 댄스 신청을 했던 것을 상기시켜주었습니

---

2 러시아의 가정에서 물을 끓일 때 사용하는 주전자.

다. 아홉 시가 조금 지났을 무렵 저는 이미 온갖 조명이 환하게 비추고 있는 무도회장 한가운데에 그녀와 나란히 서서 군악대의 시끄러운 연주에 맞춰 프랑스 사교댄스 카드리유 스텝을 밟을 준비를 하고 있었습니다. 사람들은 엄청나게 많았습니다. 특히 여자들이 많았고 예쁜 여자들도 적지 않았습니다. 하지만 그중에서도 저의 파트너가 가장 아름다웠습니다. 약간은 이상한, 또 약간은 거칠기까지 한 소피의 눈빛만 아니라면 말입니다. 또한 저는 소피가 눈을 거의 깜박이지 않는다는 사실을 깨달았습니다. 그런 특징 때문에 소피의 눈동자에 담긴 선량함마저도 빛이 바랠 정도였습니다. 하지만 소피의 자태는 너무도 아름다웠습니다. 그녀의 몸짓은 수줍은 듯 우아했습니다. 왈츠를 출 때 소피는 파트너에게 벗어나려는 듯 몸을 약간 뒤로 빼며 가느다란 목을 오른쪽으로 비스듬히 젖혔는데, 그 모습은 정말 너무나도 애틋하고 순수해보였습니다. 소피는 하늘색 십자가가 달린 검은 띠를 두른 하얀 드레스를 입고 있었습니다.

저는 소피에게 또다시 춤을 청했습니다. 마주르카(mazurka)[3]를 추는 동안 소피를 대화에 끌어들이려 노력했지만, 소피는 그저 심드렁하게 짤막한 대답을 할 뿐이었습니다. 다만, 처음 보았을 때 저를 놀라게 했던 깊은 생각에 잠긴 듯한 경탄의 표정으로 저의

---

3   폴란드의 민속무용과 그 무곡으로서 1600년대의 상류사회에 보급되면서 유행하기 시작함.

말을 주의 깊게 경청했습니다. 소피 또래에서 흔히 볼 수 있는 애교나 미소는 전혀 찾아볼 수 없었습니다. 무엇보다 그녀의 눈동자. 상대의 눈을 지속적으로 주의 깊게 응시하는 눈동자. 그 눈동자에는 뭔가 다른 것이 담겨 있는 듯 보였고, 뭔가 다른 것에 주의를 빼앗긴 것 같았습니다……아무리 봐도 이상한 아가씨였습니다! 결국 저는 어떤 이야기로도 소피의 흥미를 끌지 못한 채 그냥 어제 일어났던 일을 이야기해주었습니다.

* * *

소피는 시종일관 제 이야기를 관심 있게 들었습니다. 하지만 제 예상과는 달리 전혀 놀라지 않았습니다. 단지 **그 남자** 이름이 혹시 바실리가 아니냐고 물었습니다. 저는 노파가 그를 가리켜 바샤라고 부른 것이 기억났습니다.

"네, 바실리였던 것 같습니다. 그런데 그 사람을 아시나요?"

그러자 소피가 대답했습니다.

"저희 동네에 바실리라는 독실한 분이 살고 계시지요. 그래서 혹시 그분이 아닐까 생각했어요."

"독실함과는 아무 상관도 없습니다. 그저 단순한 자력 작용이에요. 과학자들이 관심을 가지고 있는 케이스죠."

저는 한 사람의 의지를 다른 사람의 의지에 복종시키는 자력이라고 부르는 특별한 힘에 대한 제 의견을 말하기 시작했습니다. 하지만 솔직히 두서없는 저의 설명은 상대에게 별다른 감흥을 일으키지는 못한 듯했습니다. 소피는 부채를 쥔 두 손을 무릎 위에 포갠 채 제 말을 듣고 있었습니다. 소피는 부채를 건드리지도 않았습니다. 아예 손가락 하나 움직이지 않았습니다. 저는 저의 말들이 마치 석상에 맞은 듯 튕겨 나오고 있음을 느꼈습니다. 소피는 제 말을 이해하고 있었지만 아마도 흔들리지 않는 강한 자기 확신을 가지고 있는 듯했습니다.

"설마 기적이 있다고 생각하시는 건 아니겠지요?"

제가 소리쳤습니다.

"물론 있다고 생각해요. 어떻게 기적이 없다고 말할 수 있나요? 복음서에는 겨자씨만 한 작은 믿음만 있어도 산을 움직일 수 있다고 쓰여 있지요. 믿음만 있다면 기적은 일어나는 거예요."

소피는 담담하게 대답했습니다.

"그럼 지금 우리에겐 믿음이 크지 않나 보군요. 기적에 대해 통 들을 수 없으니 말입니다!"

제가 반박하듯 말했습니다.

"하지만 기적이 일어나기도 하지요. 당신 스스로 목격하지 않았나요? 우리에게 믿음은 사라지지 않았어요. 그리고 믿음의 시작은……."

"지혜의 시작은 신에 대한 두려움이지요."

제가 중간에 끼어들었습니다.

"믿음의 시작은요, 자기희생이지요……자기비하랍니다!"

소피는 전혀 흔들림 없이 말을 이어나갔습니다.

"자기비하까지요?"

제가 물었습니다.

"네. 인간의 자만, 오만, 교만, 이런 것들을 완전히 제거해야 합니다. 좀 전에 의지에 대해 말씀하셨지요……의지 역시 꺾어야 해요."

저는 그런 말을 하고 있는 어린 소녀의 모습을 보았습니다…… '흠, 이 아이 농담하는 게 아니야!' 저는 속으로 생각을 하며 고개를 들어 마주르카를 추는 주변 사람들을 쳐다보았습니다. 사람들 역시 저를 보고 있었습니다. 제가 놀라는 모습을 즐기기라도 하는 듯한 표정들이었습니다. 한 사람은 저를 향해 동정의 미소를 보내는 것 같았습니다. 마치 "어때요? 참, 별난 아가씨죠? 우리 동네에선 아주 유명해요." 하고 말하는 듯했습니다.

"그래서 당신은 자신의 의지를 꺾으려고 해봤나요?"

저는 다시 소피에게 물었습니다.

"모든 사람은 자신이 옳다고 믿는 일을 해야 합니다."

소피는 단호한 어조로 대답했습니다.

"여쭤보고 싶은 게 있습니다."

저는 잠시 침묵한 뒤에 소피에게 물었습니다.

"혹시 죽은 사람을 불러낼 수 있다는 가능성에 대해서도 믿으시나요?"

"죽은 사람은 없습니다."

소피가 고개를 저으며 말했습니다.

"죽은 사람이 없다니요?"

"죽은 영혼은 존재하지 않아요. 불멸이기 때문이지요. 원한다면 언제라도 나타날 수 있습니다……그들은 항상 우리 주변에 있어요."

"어떻게 말입니까? 그렇다면 예를 들어 저기 서 있는 빨간 코의 수비대 소령 근처에도 지금 이 순간 죽지 않은 영혼이 돌아다니고 있다는 말씀입니까?"

"어째서 불가능하다고 생각하시나요? 지금 저 사람의 콧날을 비추는 햇빛이 보이시죠? 햇빛을 비롯한 모든 종류의 빛은 하느님으로부터 온 것이지요. 겉모습이란 도대체 뭘까요? 순수한 사람에게 이 세상 모든 것은 순수한 법이지요! 단지 스승을 찾기만 하면 됩니다! 지도자를 찾아야 하지요!"

"잠깐, 잠깐만요."

저는 솔직히 어느 정도 악의를 담은 채 말했습니다.

"스승이 있어야 한다……그렇다면 당신의 신부님은 무엇을 하시는 겁니까?"

소피는 차가운 시선으로 저를 쳐다보았습니다.

"아마 당신은 저를 비웃고 싶으신가 보군요. 저의 신부님은 제가 어떻게 해야 하는지에 대해 가르쳐주시지요. 하지만 저는 삶 속에서 어떻게 자신을 희생해야 하는지 몸소 보여주시는 그런 스승이 필요하다는 거예요!"

소피는 고개를 들어 천장을 올려다보았습니다. 어린애 같은 얼굴, 진지한 표정, 신비롭고 변함없는 놀라움의 표정은 라파엘 이전 시대 마돈나를 연상시켰습니다…….

"언젠가 이런 글을 읽은 적이 있어요."

소피는 저를 쳐다보지 않은 채 겨우 입술을 움직이면서 말을 계속 이어나갔습니다.

"어느 고관이 죽으면서 교회 문 앞에 묻어 달라고 했대요. 교회에 오는 모든 사람이 자신을 밟고 자신의 몸 위에 두 발을 지탱하고 서 있을 수 있도록 말이에요……바로 이런 일을 우리는 살아 있을 때 해야 하는…….

붐! 붐! 트라-라!! 팀파니 소리가 요란하게 들렸습니다. 솔직히 이런 대화를 무도회장에서 한다는 것 자체가 아주 기묘하게 느껴졌습니다. 대화는 제게 종교를 반박하는 마음마저 불러일으켰으니까요. 저는 콰지(quasi)⁴신학 논쟁을 끝내려고 소피에게 마주르카를 청했습니다.

십오 분쯤 뒤에 저는 마드모아젤 소피를 아버지에게 데려다주었고, 이틀 뒤 T***현을 떠났습니다. 그리고 어린애 같은 얼굴에 바위 같은 영혼을 지닌 소녀에 대한 기억은 점차 사라졌습니다.

* * *

세월이 두 해쯤 지났을 때 소녀의 모습이 다시 제 눈앞에 나타나는 일이 생겼습니다. 어느 날 러시아 남부를 여행하고 막 돌아온 동료 한 사람과 이야기를 나누게 되었습니다. 동료는 T***현에서 얼마간을 보낸 터라 그곳 소식을 저에게 전해주었습니다.

"참!"

동료가 외쳤습니다.

"그러고 보니 자네 V. G. B와 잘 아는 사이지?"

"물론 잘 알지."

"그 집 딸 소피도 잘 아나?"

"한두 번 봤지."

"글쎄, 가출했다네!"

"뭐, 왜?"

---

4   말하자면, 거의.

"그렇게 됐대. 벌써 석 달째야, 아무 소식도 없이 사라진 게. 그런데 더욱 놀라운 것은 소피가 누구랑 도망쳤는지 아무도 모른다는 거야. 생각해봐, 의심 가는 사람이 아무도 없다니까! 소피는 모든 신랑감을 퇴짜 놓았어. 게다가 품행은 또 얼마나 얌전했다고. 하여튼 조신한 여자와 종교에 미친 여자는 도무지 알 수가 없다니까! 도시 전체가 떠들썩했다네! B는 상심이 이만저만이 아니라네……그런데 말이야, 소피가 왜 집을 나갔을까? 아버지는 그녀가 하고 싶은 거라면 뭐든지 다 해줬는데. 진짜 이해가 안 되는 건 말이야, 그 도시의 내로라하는 바람둥이들은 모두 그대로 있다는 거야, 사라진 놈은 하나도 없어."

"그래서? 아직까지 못 찾은 건가?"

"감쪽같이 사라져버렸어! 뭐, 돈 많은 신붓감 하나 없어진 거지. 그게 아쉬워."

이 소식은 저를 정말 놀라게 했습니다. 제가 기억하는 소피와 전혀 어울리지 않았기 때문입니다. 물론 세상에 놀랄 일은 많이 있지요.

그해 가을 저는 다시금 직장 업무로 인해 S***현을 가게 되었습니다. 이곳은 알려진 것처럼 T***현 바로 근처에 있습니다. 비가 오는 추운 날씨였습니다. 광활한 검은 흙길을 따라 저의 가벼운 여행마차를 완전히 지쳐버린 말들이 힘겹게 끌고 있었습니다.

그날은 유난히 힘든 하루였던 것으로 기억됩니다. 마차 바퀴는 세 번인가 진흙탕 속에 '앉아 있어야' 했습니다. 그때마다 마부는 연신 한쪽 바퀴로 갔다가 낑낑거리며 다른 바퀴로 기어 들어가곤 했지요.

저녁 무렵이 되자 저는 기진맥진 초주검이 되어 결국 역참에 도착한 뒤 여관에서 하룻밤을 보내기로 했습니다. 저에게 배정된 방에는 움푹 꺼진 긴 나무 의자가 놓여 있었고 바닥은 삐거덕거렸으며 벽지는 군데군데 찢어져 있었습니다. 방 안은 호밀맥주, 멍석, 양파 냄새에 테레빈유 냄새가 엉겨 고약했습니다. 파리들은 떼를 지어 여기저기에 앉아 있었습니다. 하지만 이런 궂은 날씨에 몸을 피할 수 있다는 것만 해도 감사했습니다. 비는 정말 하루 종일 추적추적 쏟아졌습니다. 저는 사모바르를 가져오라고 말한 다음 의자에 걸터앉아 러시아 여행객에게 익숙한 우울한 공상에 빠져들었습니다.

그러나 널빤지 칸막이에 의해 분리된 옆방에서 나는 둔탁한 소리 때문에 저는 공상에서 곧 깨어났습니다. 쿵쿵대는 소리와 함께 쇠사슬 끌리는 소리도 같이 들렸습니다. 잠시 후 남자의 거친 목소리가 들려왔습니다.

"이 집안 모든 이에게 축복이 있기를! 축복이 있기를! 축복이 있기를! 아멘, 아멘, 적들을 물리치소서!"

단어의 끝을 왠지 부자연스럽고 교양 없게 길게 늘어뜨리며 그 목소리는 계속 반복되고 있었습니다……요란스레 한숨을 내쉬는 소리도 들려왔습니다. 그러더니 짤그락거리는 소리와 함께 육중한 몸뚱이가 의자에 주저앉는 소리가 들렸습니다.

"아쿨리나! 하느님의 종이여, 이리 오너라!"

목소리가 다시 말하기 시작했습니다.

"보아라! 벗은 자에게 하느님의 은총이 함께 하느니……하-하-하! 퉤! 오, 하느님, 오, 하느님, 오, 하느님."

목소리는 성가대의 신부처럼 계속 웅얼거리고 있었습니다.

"오, 하느님, 내 육체를 관장하시고, 내 죄를 살펴주시고……오-호-호! 하-하……퉤! 이 집안에 축복 있기를!"

"도대체 누굽니까?"

저는 선량해 보이는 주인 여자가 사모바르를 들고 방 안에 들어오자 물었습니다.

"아, 나리, 저분은요."

주인 여자가 빠르게 속삭였습니다.

"성스러운 분입니다. 얼마 전에 저희 마을에 오셨는데, 이렇게 저희 집을 찾아주셨네요. 아휴, 이런 궂은 날씨에 말이지요! 그분 몸에서 물이 줄줄 흐르더라니까요! 그리고 몸에 두른 쇠사슬하며, 나리께서 직접 보셔야 되는데. 대단해요!"

"축복이 있기를! 축복이 있기를!"

목소리가 다시 들려왔습니다.

"아쿨리나! 아! 아쿨리나! 나의 친구 아쿨리나! 도대체 우리 천국은 어디에 있는 거냐? 우리의 멋진 천국 말이다! 사막 한가운데에 우리 천국이 있지……천국……이 집에 이 시간부터……기쁨을 허락하시고……오……오……오……."

목소리는 뭔가 알아듣기 힘든 말을 중얼거리기 시작했습니다. 그러다 갑자기 하품을 늘어지게 하더니 다시금 쉰 목소리로 웃어 댔습니다. 이런 웃음소리는 매번 자신도 모르게 터져 나오는 것 같았고, 그런 뒤에는 매번 분노의 침 뱉는 소리가 들려왔습니다.

"아휴! 하필이면 스체파느이치가 없을 때 오실 게 뭐람! 정말 아쉽지 뭐예요!"

주인 여자는 문가에 서서 주의 깊게 듣고 있다가 중얼거렸습니다.

"뭔가 구원의 말씀을 해주시는 것 같은데 나 같은 무식쟁이가 알아들을 수가 있어야지!"

그러고 난 뒤 주인 여자는 빠른 걸음으로 방을 나갔다.

***

벽 칸막이에는 구멍이 나 있었습니다. 저는 구멍에 눈을 대고 그 안을 엿보았습니다. 순례자는 내 쪽으로 등을 보인 채 앉아있었습니다. 그저 맥주통 같은 거대하고 헝클어진 머리와 물에 젖은 누더기 차림의 넓적하고 굽어진 등이 보일 뿐이었습니다. 순례자의 앞에는 어떤 여인이 무릎을 쪼그린 채 앉아 있었습니다. 마른 체격의 여인 역시 비에 젖은 낡은 사라판(sarafan)[5] 차림이었고 눈썹 바로 위까지 어두운 색 머릿수건을 쓰고 있었습니다. 여인은 순례자의 장화를 벗기려고 애를 썼지만 더러워져 미끌거리는 가죽 위로 손가락이 미끄러질 뿐이었습니다. 여인 곁에는 주인 여자가 가슴에 두 손을 포갠 채 서서는 '독실한 인간'을 경건한 눈빛으로 쳐다보고 있었습니다. 순례자는 여전히 알아들을 수 없는 말을 중얼거리고 있었습니다.

마침내 사라판 차림의 여인이 장화를 벗기는 데 성공했습니다. 여인은 하마터면 뒤로 나자빠질 뻔했지만 겨우 몸을 가누었고, 곧이어 순례자의 각반을 풀기 시작했습니다. 발등에는 상처가 나 있었습니다……저는 고개를 돌렸습니다.

"저기요, 차 한잔 권해도 괜찮을런지요?"

주인 여자의 아첨하는 듯한 목소리가 들렸습니다.

"도대체 무슨 말을 하는 거야!"

순례자가 대꾸했습니다.

---

5 러시아의 농촌 여성들이 입는 민속 의상으로 소매 없는 몸체 부분과 기장이 긴 스커트가 가슴 부분까지 이어져 있는 점퍼 스커트형의 옷을 말함.

"이 죄 많은 몸뚱이에게 그런 호사를……오-호-호! 이 뼈들을 모두 부러뜨려도 시원찮을 판에……세상에, 저 여인은 나한테 차를 마시라는군! 오호, 존경하는 수도사여, 우리 마음속 사탄은 강하느니! 사탄은 추위도, 더위도, 창공도, 미친 듯이 퍼부어대는 빗줄기도 모두 뚫고 나가리라. 사탄은 불사신이니까! 성모 축일을 기억하라! 많은 것이 생길 테니!"

주인 여자는 놀랐는지 가볍게 외마디 소리를 질렀습니다.

"내 말만 들어라! 모든 걸 다 내주어라, 머리도 내주고 옷도 내주어! 달라고 하지 않아도 주란 말이다! 하느님은 모든 걸 보고 계심이야! 지붕이 날아가는 것이 어디 오래 걸리는 일이던가? 그분은 너를 불쌍히 여겨 빵을 주셨어. 그런데 너는 그걸 난로에 버리다니! 하느님은 모든 걸 보고 계시지! 보……고……계……셔! 근데 저기 저 삼각형 모양의 눈알은 누구 거야? 어서 말해……누구 거냐고?"

주인 여자는 슬그머니 성호를 그었습니다.

"오래된 원수 아다만트! 아……다……만트! 아……다……만트!"

순례자는 이를 갈며 몇 번이고 말을 반복했습니다.

"오래된 뱀이야! 하지만 신께서 부활하시리니! 그래, 신께서 부활하시면 그분의 적들도 산산이 부서지리라! 나는 모든 죽은 이

들을 불러내리라! 그분의 적에게로 찾아가리라……하-하-하!
퉤!"

"혹시 기름 좀 있나요?"

거의 들릴 듯 말 듯 작은 목소리가 말을 했습니다.

"상처에 바르려는데요……깨끗한 천은 저에게 있어요."

저는 다시 한 번 구멍으로 엿보았습니다. 사라판 차림의 여인은
여전히 순례자의 아픈 다리와 씨름 중이었습니다.

'막달레나!' 저는 속으로 생각했습니다.

"알았어요, 지금 당장 가져올게요."

주인 여자는 이렇게 말한 뒤 제 방으로 들어와 성상 앞 등잔에
서 기름 한 숟가락을 떠갔습니다.

"저 방에서 시중을 들고 있는 여인은 누굽니까?"

제가 물었습니다.

"글쎄요, 나리, 모르겠는데요. 여자 역시 구원을 받으려는 거겠
지요, 죄 사람이요. 어쨌든 정말 성스러운 사람이에요!"

"아쿨리나, 사랑스런 나의 자식, 착한 나의 딸이여."

순례자는 도중에 이렇게 말하더니 갑자기 울음을 터뜨렸습니다.

순례자의 앞에서 무릎을 꿇고 있던 여인이 그를 향해 고개를
들었습니다……오, 하느님, 저 눈빛. 저 눈동자를 어디에서 봤더
라…….

주인 여자는 기름을 들고 여인에게 다가갔습니다. 여인은 치료를 마치고 바닥에서 일어나, 혹시 건초더미가 좀 있는지 물었습니다.

"바실리 니키치치께서는 건초 위에서 주무시는 걸 좋아하시거든요."

여인이 덧붙였습니다.

"어이구, 당연히 있지요, 이리로 와요."

주인 여자가 대답했습니다.

"자, 이리로 와서 몸도 좀 말리고 쉬도록 해요."

주인 여자는 순례자를 향해 말했습니다.

순례자는 끙, 소리를 내면서 천천히 의자에서 일어났습니다. 그의 몸을 둘러싼 쇠사슬이 다시 짤그락 소리를 냈습니다. 그러더니 제 쪽을 향해 얼굴을 돌리고 눈으로 성상을 찾나 싶더니 힘차게 손을 움직여 성호를 긋기 시작했습니다.

순간 저는 순례자를 알아보았습니다. 언젠가 저에게 죽은 가정교사를 보여주었던 바로 그 남자, 바실리였습니다!

전체적인 모습은 크게 변하지 않았습니다. 단지 표정이 전보다 더 독특해지고, 더 무서워졌습니다……약간 부은 얼굴에는 수염이 덥수룩하게 자라 있었습니다. 누더기 차림의 더럽고 거친 남자의 모습은 두려움보다는 혐오감을 일으켰습니다. 남자는 성호 긋기를 멈추었습니다. 하지만 뭔가를 기다리는 듯 구석과 마루 쪽으로 얼빠진 시선을 이리저리 옮기고 있었습니다.

"바실리 니키치치, 이리로 오시지요."

사라판 차림의 여인이 공손히 고개를 숙이며 말했습니다. 남자는 갑자기 머리를 흔들며 돌아섰는데 순간 두 발이 꼬이면서 중심을 잃었습니다……그때 여인이 잽싸게 그를 향해 뛰어가 남자의 겨드랑이를 부축했습니다. 목소리나 몸매로 봐서 여인은 아직 나이가 어린 듯했습니다. 얼굴은 거의 보이지 않았습니다.

"아쿨리나, 나의 친구여!"

남자는 어딘가 신비로운 목소리로 다시 한 번 말했습니다. 그러더니 입을 크게 벌리고 주먹으로 가슴을 내리친 다음 저 밑바닥에서 터져 나오는 듯한 공허한 신음을 토해냈습니다. 두 사람은 주인 여자의 뒤를 따라 그 방을 나왔습니다.

저는 딱딱한 의자에 누워 지금 보았던 장면에 대해 곰곰이 생각했습니다. 저의 최면술사는 결국 순례자가 된 것입니다. 남자가 확실히 소유하고 있다고 인정할 수밖에 없는 그 능력이 결국 남자를 저런 방향으로 인도한 것입니다!

***

다음 날 아침 저는 길을 떠날 채비를 했습니다. 비는 어제와 마찬가지로 주룩주룩 내리고 있었지만 더 이상 지체할 수는 없었기 때문입니다. 저에게 세숫물을 준비해주던 제 하인의 입가에는 억지로 비웃음을 참을 때의 미소가 어려 있었습니다. 저는 그 미소의 의미를 잘 알고 있었지요. 그것은 상류층 사람들이 뭔가 한심한 짓을 했거나 예의에 벗어난 행동을 했음을 알게 되었다는 것을 의미했지요. 하인은 입이 근질거려 참을 수 없겠다는 표정이었습니다.

"그래, 무슨 일이야?"

결국 저는 하인에게 물었습니다.

"어제 그 순례자말입니다, 보셨죠?"

하인은 즉시 말을 시작했습니다.

"봤지. 그게 어쨌는데?"

"같이 있던 여자도 보셨어요?"

"봤지."

"그 여자요, 평민 아니에요, 귀족 아가씨예요."

"설마?"

"진실만을 말씀드리는 겁니다. 오늘 T***현에서 상인들이 왔었는데요, 그 여자 분을 알아봤더랍니다. 이름도 말하던데요. 뭐랬더라……."

갑자기 어떤 생각이 번개처럼 내 머리를 환하게 스치며 지나갔습니다.

"그 순례자, 아직 여기 있나, 아니면 벌써 떠났나?"

제가 물었습니다.

"글쎄요, 아직 안 떠났을 겁니다. 아까 보니까 대문 근처에 앉아서 뭔가 이상한 말을 중얼대고 있던데 도통 알아들을 수가 있어야지요. 혼자 바보짓을 하며 즐기고 있어요. 그런 게 도움이 된다고 생각하나봅니다."

제 하인은 아르달리온과 마찬가지로 유식한 하인 축에 끼는 사람이었습니다.

"그래, 아가씨도 같이 있더냐?"

"같이 있었습니다."

* * *

저는 현관으로 나갔습니다. 남자의 모습이 보였습니다. 남자는 대문 옆 긴 의자에 앉아 있었습니다. 양손은 의자를 짚고 고개는 숙인 채 좌우로 흔들어대고 있었습니다. 영락없이 우리에 갇힌 짐승이었습니다. 남자의 눈을 덮은 무성한 곱슬머리는 축 늘어진 입술과 함께 이쪽저쪽으로 움직이고 있었습니다. 남자는 뭔가 이해할 수 없는 이상한 말을 계속 중얼거리고 있었습니다. 남자와 동행하는 여인은 막대기에 매달린 물병의 물로 이제 막 세수를 마친 듯했습니다. 여인은 미처 머리에 수건을 쓰지 못한 채 거름이 있는 헛간에서 나온 오물 웅덩이 때문에 설치해둔 좁은 판자 위를 걸어오는 중이었습니다. 저는 여인을 쳐다보았습니다. 수건을 쓰지 않아 여인의 얼굴을 명확히 볼 수 있었습니다. 순간 저는 너무도 놀란 나머지 저도 모르게 두 손을 마주쳤습니다. 여인은 소피였습니다!

소피가 휙 돌아보더니 여전히 움직임 없는 푸른 눈동자로 저를 빤히 쳐다보았습니다. 살이 많이 빠졌고 피부는 거칠어져 누르스름한 붉은빛을 띠었으며 코는 날카로워졌고 입술 선은 또렷해졌습니다. 하지만 여전히 아름다웠습니다. 다만 예전의 상념 어린 놀라움의 표정에 더해 뭔가 확고하고 용감한, 깊은 환희 같은 것이 있었습니다. 소피의 얼굴에서 천진난만함은 더 이상 찾아볼 수 없었습니다.

저는 그녀에게 다가갔습니다.

"소피! 세상에, 정말 당신이 맞습니까? 아니, 이런 차림으로……이런 사람과…….."

제가 소리쳤습니다. 소피는 흠칫 놀랐습니다. 그리고는 제가 누구인지를 기억해내기 위해 다시 한 번 저를 뚫어져라 쳐다보더니 저에게 한마디 대꾸도 하지 않은 채 자신의 동행인에게 달려갔습니다.

"아쿨리나. 우리 죄……우리 죄를…….."

남자는 무거운 한숨을 내쉬고는 더듬대며 말했습니다.

"바실리 니키치치, 어서 떠나요! 안 들려요? 지금 당장, 당장 가야 해요!"

소피는 한 손으로는 머리에 수건을 쓰고 다른 손으로는 순례자의 겨드랑이를 부축하며 말했습니다.

"어서 가요, 바실리 니키치치. 여긴 위험해요."

"가요, 간다니까."

순례자는 고분고분 대답하고는 온몸을 앞으로 숙여 자리에서 일어났습니다.

"근데, 이 쇠사슬, 이걸 묶어야 되는데…….."

저는 다시 한 번 소피에게 다가가 제가 누구인지 밝혔습니다. 제발 내 말 좀 들어달라고, 한마디만 하게 해달라고 저는 애원했습니다. 억수같이 쏟아지는 비를 가리키며 소피 자신의 건강과 동행인의 건강도 좀 생각하라고 말하면서 소피의 아버지에 대해서도 언급했습니다……하지만 뭔가 사악한, 뭔가 잔혹한 생명력이 소피를 통제하는 듯했습니다. 소피는 저에게 아무 관심도 보이지 않았습니다. 그저 이를 악물고 거친 숨소리를 내쉴 뿐이었습니다. 소피는 짧은 명령조로 속삭이며 당황한 순례자를 재촉했습니다.

그의 허리띠를 매주고, 쇠사슬을 둘러주고, 찌그러진 차양이 달린 아이용 모자를 머리에 푹 눌러 씌우고, 그의 손에 막대기를 쥐어주고, 자기 어깨에는 봇짐을 둘러메더니, 그길로 순례자와 함께 문을 나섰습니다……소피를 제지할 권리가 저에게는 없었습니다. 아무 도움도 되지 않았을 것입니다. 저의 필사적인 마지막 호소에 소피는 고개조차 돌리지 않았습니다. '신의 사람'을 부축한 채 소피는 지저분한 진흙탕 거리를 빠른 걸음으로 걸어갔습니다. 얼마 후 자욱한 아침 안개 속으로, 굵직이 내리는 빗줄기 속으로 두 사람의 마지막 모습이 어른거렸습니다……두 사람은 불쑥 튀어나온 어느 농가의 모퉁이를 돌더니 그렇게 영원히 저의 시야에서 사라져버렸습니다.

***

저는 방 안으로 돌아와 깊은 생각에 잠겼습니다. 도무지 이해할 수가 없었습니다. 교양 있고 젊고 부유한 아가씨가 어떻게 가지고 있는 집, 가족, 친구, 심지어 자신의 모든 습관과 안락한 생활을 버리고 그렇게 떠날 수 있는지 도저히 이해할 수 없었습니다. 도대체 무엇을 위해? 저 반쯤 미친 부랑자의 뒤를 따르며, 그의 시중이나 들기 위해? 왜곡되긴 했지만 진심 어린 소피의 마음,

사랑 혹은 열정 때문이었으리라는 생각이 한순간도 제 머릿속을 떠나지 않았습니다. '신의 인간'이라는, 저 혐오스러운 모습을 보기만 해도 그 즉시 머리에서 사라져버릴 텐데 말입니다! 아니, 소피는 순수함을 잃지 않았습니다. 언젠가 제게 말한 것처럼 소피에게 있어 이 세상에 순수하지 않은 것은 없습니다. 물론 소피의 행동을 저는 이해할 수 없습니다. 그렇다고 그녀를 탓할 생각도 없습니다. 그 후로도 자신이 옳다고 생각하는 일, 사명이라 여기는 일을 위해 자신을 희생하는 소녀들을 탓하지 않은 것처럼 말입니다. 단지 하필이면 **그런 길**을 소피가 선택한 것이 안쓰러울 따름입니다. 하지만 경의를 아니, 그보다 더한 경외심을 느끼지 않을 수 없었던 것 또한 사실입니다. 소피가 자기를 희생하고 자기를 낮춰야 한다고 말했을 때 그녀는 단지 관념적으로만 이해한 것이 아니었습니다……그러니까 **소피에게 있어** 중요한 것은 말과 함께 실천 의지였던 겁니다. 소피는 스승을, 지도자를 찾아 헤맸고 결국 찾아냈지만……맙소사, 스승이 하필이면 그 남자였다니!

그렇습니다. 소피는 자신의 몸을 짓밟고 지나가게 했던 겁니다……나중에 들은 얘기에 따르면 소피의 가족이 결국 길 잃은 어린 양을 찾아내 집으로 데려오긴 했지만 집에서 소피는 그리 오래 살지 못했습니다. 누구와도 말하지 않은 채 '침묵의 수행자'로 지내다가 그렇게 세상을 떠났다고 합니다.

    신비롭고 애달픈 존재여, 평화가 그대와 함께하기를! 바실리 니키치치는 지금도 떠돌아다니고 있습니다. 그런 사람들의 강철 같은 체력은 실로 놀라울 따름입니다. 다만 간질로 인해 쇠약해졌을 뿐입니다.

옮긴이 후기

　투르게네프는 소설가로 명성을 얻어 도스토옙스키, 톨스토이와 함께 러시아 3대 문호의 한 사람으로 꼽히지만, 실제로는 시인으로 시작해서 훗날 불후의 명작 산문시를 남긴 것으로 유명하다. 흔히 투르게네프를 가리켜 언어의 아름다움, 문체의 완벽성, 응축된 문체에 관한한 세계 문학에서 견줄 사람을 찾기 힘들 정도로 진정한 의미에서의 시인이라는 찬사를 보내기도 한다.

　세계적인 인문학 석학, 예일대 교수 해럴드 블룸은 저서 『해럴드 블룸의 독서 기술』(을유문화사, 2011)에서 단편소설 감상을 투르게네프에 대한 읽기로 시작한다. 블룸은 세계문학사에서 단편소설 장르의 여정이란 투르게네프에서 체호프를 거쳐 헤밍웨이에 이르는 길이라고 정의를 내리며 이들 세 작가의 핵심으로 '풍경과 인간에 대한 친숙함'을 꼽았다. 특히 투르게네프의 중·단편소설에 대해서는 '섬뜩하리만큼 아름답다'고 평했다.

이 책에 실린 투르게네프의 중·단편소설 세 편은 각각 '욕망의 제어'(「파우스트」, 1856), '사랑의 고통'(「세 번의 만남」, 1852), '자기희생'(「이상한 이야기」, 1870)이라는 메시지를 잘 살린 작품들이다.

투르게네프의 중편 「파우스트」는 1856년 '아홉 통의 편지로 된 이야기'라는 부제와 함께 잡지 《동시대인》에 발표되었다. 투르게네프는 젊은 시절부터 괴테의 『파우스트』에 몰입했고 1844년에는 괴테 작품의 일부를 번역하여 벨린스키로부터 좋은 평가를 받기도 했다. 다음 해 투르게네프는 『파우스트』의 러시아어 번역본에 대한 논평이 담긴 긴 논문을 발표한다. 논문에서 작가는 괴테의 『파우스트』를 가리켜 '낡은 시대와 새로운 시대 간의 투쟁이 마침내 시작된(……) 당대의 가장 완벽한 표현'으로 평가한다. 논문을 발표한 지 11년 뒤 투르게네프는 중편 「파우스트」를 발표한다.

「파우스트」는 일련의 편지들로 구성되어 있으며 아름다운 예술 작품이라는 평가를 받는다. 자전적 성격이 강하며 작가 자신의 감정이 문학적으로 승화된 작품이다. 결혼한 여인에 대한 한 남자의 인정받지 못하는 사랑과 그러한 사랑이 가져온 파멸적인 결과를 효과적으로 전달하고 있다. 궁극적으로는 욕망의 제어와 포기의 의무를, 그리고 시를 처음 접하면서 상상력에 자극받게 된 한 유부녀에 대한 사랑을 억누르지 못한 화자의 참담한 파국을 강조한다. 한편으로는 유부녀였던 비아르도 부인을 오랜 시간 곁에서 지켜보아야만 했던 투르게네프 자신의 실제 경험도 어느 정도 반영되어 나타난다.

주인공 파벨은 9년 만에 영지로 돌아온다. 어느 날 대학 시절 동창인 프리임코프가 이웃에 살고 있으며 자신이 젊은 시절 좋아했던 베라 니콜라예브나라는 사실을 알게 된다. 젊은 시절 파벨은 베라와 결혼하려 했지만 베라 어머니의 반대로 단념해야 했다. 이탈리아인의 피가 흐르는 베라는 어머니로부터 엄격한 교육을 받으며 성장한다. 베라의 어머니는 시(예술)에 의한 강렬한 정열의 각성을 두려워하고, 그런 어머니 밑에서 자란 베라 역시 모든 예술 작품과는 담을 쌓은 채 살아간다. 덕분에 베라는 아이 셋을 낳은 스물여덟 살의 어른이 될 때까지 소설 한 권, 시 한 편 읽은 적이 없다. 물론 결혼 이후에는 옐초바 부인의 금기로부터 해방되지만 베라 스스로 '상상력의 산물'을 멀리한다. 그런 베라에게 파벨은 괴테의 『파우스트』를 읽어준다. 베라는 파우스트적 세계에 눈뜨게 되고 결국 그녀 스스로 억제해왔던 삶의 욕망, 자유의 열정을 새롭게 발견하게 된다. 이와 같은 욕망의 부추김은 결국 엄청난 결과를 가져온다. 파벨은 그녀를 사랑하게 되고 그녀 역시 파벨을 사랑하게 된다. 그러나 부정한 정열과 예술에 의한 감정으로부터 베라를 교화시키기라도 하려는 듯 죽은 어머니 유령이 베라 앞에 나타나고 이후 베라는 이상한 병에 걸려 시름시름 앓다가 결국 죽고 만다.

괴테의 『파우스트』 제1부에서 인용한 이 중편의 제사, '너 자신을 거부하라, 스스로의 욕망을 굴복시켜라'는 투르게네프가 이끌어내고 있는 「파우스트」의 결론이다. 즉 스스로의 욕망을 굴복시키는 것, 도덕적 의무를 지키는 것이 인간 삶의 주요 목적이 되어야 한다는 것이다. 소설의 마지막 편지에서 작가는 파벨의 입을 빌려 이와 같은 주제를 다시 한 번 확인한다. '인생은 농담이나 오락이 아니라는 것, 인생은 유희조차 아니라는 것……인생은 힘겨운 노동이라는 것. 금욕, 끊임없는 금욕, 이것이 바로 인생의 숨겨진 의미요, 그 수수께끼를 푸는 열쇠라네. 좋아하는 사상이나 욕망이 제아무리 숭고

하다 해도 그것들을 실행에 옮기는 것은 중요하지 않아. 중요한 것은 바로 의무를 이행하는 것이며 이것만이 인간의 유일한 관심사가 되어야 돼. 자기 몸에 의무의 사슬을, 의무는 쇠사슬을 묶지 않고는 인간행로의 종착역까지 무사히 도달할 수가 없을 테니까.'

「파우스트」는 아름다운 언어와 서정적 문체로 인물들의 낭만적 세계를 그리고 있는데, 이는 5년 전에 발표한 단편 「세 번의 만남」에서 이미 나타나는 투르게네프 창작의 특징이다. 「세 번의 만남」은 투르게네프가 1851년 쓴 단편소설로 처음 제목은 「옛 영지」였다. 1852년 잡지 《동시대인》에 「세 번의 만남」이라는 제목으로 실렸다. 「세 번의 만남」은 비밀스러운 신비를 암시하는 공상적이고 다소 환상적인 이야기로 작가가 1850년대 초기에 쓴 것 중 가장 개인적이며 고백적인 작품 중 하나이다. 이탈리아를 공간적 배경으로 하는 처음 몇 장은 상당히 자전적이다. 실제로 작가는 1840년 봄, 소렌토에서 며칠 동안 머무른 적이 있고 이 경험이 작품 창작에 상당한 도움이 된 것으로 알려져 있다.

「세 번의 만남」은 화자가 이탈리아 소렌토, 러시아 시골 그리고 페테르부르크에서 아름다운 한 여인과 계속해서 우연히 마주치게 되는 사건을 그린다.

화자는 자신의 영지에서 사냥을 하며 시간을 보낸다. 어느 날 우연히 어느 저택을 지나다가 여자가 부르는 노랫소리에 깜짝 놀란다. 예전에 이탈리아 소렌토에서 바로 똑같은 목소리가 부르는 노래에 이끌려 어느 아름다운 여인과 그의 애인을 본 적이 있기 때문이다. 그렇게 화자는 우연히 러시아 마을에서 여인과 애인을 다시 보게 된다. 두 번째 만남이다. 이후 화자는 여인의 정체를 알아내기 위해 저택의 늙은 하인 루키야느이치에게 접근해서 꼬치꼬치 캐묻지만 노인은 고집스럽게 입을 다문다.

수수께끼 같은 루키야느이치 노인은 아름다운 미지의 여인과 정신적으로 가까운 유일한 인물이다. 노인 역시 무의식적으로 높은 이상, 아름다움을 갈망한다. 화자의 꿈속에서 노인은 자신을 돈키호테라고 소개한다. '본래 키는 큰 것 같지만 허리가 꼬부리진 백발 노인의 늘 진지하고 덤덤한 표정'의 루키야느이치는 돈키호테를 연상케 한다. '뭔가 착각하고 계시는군(……) 난 집안의 하인이 아니야. 난 그 유명한 방랑 기사, 라만차의 기사 돈키호테라고. 평생 동안 나의 둘시네아를 찾아 헤맸지만 결국 찾을 수 없었지.' 일주일 뒤 저택을 다시 찾았을 때 화자는 노인이 자살했다는 소식을 접한다.

몇 년 뒤 화자는 페테르부르크 가면무도회장에서 여인을 우연히 만난다. 세 번째 만남이다. 화자는 여인의 입을 통해 애인과의 관계를 비롯해 그 애인한테 버림받았다는 사실을 알게 된다. 변심한 애인의 모습을 본 여인이 절망에 찬 모습으로 뛰어나가자 화자도 뒤따르려 했지만 여인의 슬픈 시선을 보고 이내 단념한다. 화자에게 여인은 있어 꿈처럼 나타나 한순간 사라진 동화 속 존재로 영원히 남을 것이다.

「세 번의 만남」에서 주인공의 심리와 여인의 사랑, 절망이 환상적인 필치로 섬세하게 서술되어 있으며 특히나 자연 묘사는 서정적 아름다움으로 가득 차 있다. 이와 같은 작품 속 인물들의 낭만적 세계, 서정적 플롯은 이보다 좀 늦게 쓰인 중편들 「파우스트」, 「첫사랑」으로 이어진다. 작가의 동시대인들, 보트킨, 네크라소프, 도브롤류보프 역시 이 작품의 풍부한 음악적 서정성을 높이 평가한다. 「세 번의 만남」을 읽고 난 뒤 보트킨은 투르게네프에게 이렇게 쓴다. '소렌토의 밤, 영지의 밤, 젊은 여인이 등장하는 장면 등은 정말 너무나도 멋집니다(……) 작품의 첫 부분은 너무도 달콤한 매력 그 자체였습니다.

이보다 더 열정적으로 책을 읽은 적이 단 한 번도 없었습니다.'

「이상한 이야기」는 1870년 《유럽통보》에 발표되었다. 당시 바덴
바덴에 머물던 투르게네프가 「초원의 리어왕」의 작업을 잠시 중단
했던 1869년 7월 단 2주 만에 완성한 작품이다. 「이상한 이야기」는
종교적 믿음의 문제를 정면으로 다루면서 작가의 이전 작품들과는
다른 경향을 보여준다.

화자는 약 15년 전 어느 도시에서 머무르면서 고리대금업에 종사
하는 부유한 지인과 그의 딸 소피를 만난다. 소피는 열일곱 소녀이
다. 어느 날 화자는 묵고 있던 호텔 하인을 통해 바실리라는 청년을
만나는데, 그는 죽은 이를 보여주는 신비스러운 능력을 가지고 있
다. 청년은 상대방의 신경에 일정한 영향을 끼칠 수 있는 엄청난 자
력을 소유한 자였다. 화자는 무도회에서 소피와 대화를 나누던 중
우연히 바실리에 대해 이야기하게 된다. 소피는 청년의 능력을 종
교적인 기적, 믿음, 성스러움과 연결시키면서, 인간은 자기희생, 자
기비하를 실천해야 한다고 말한다. 2년 뒤 화자는 우연히 소피가 가
출해서 행방불명이라는 소식을 듣게 되고 얼마 뒤 허름한 여관에서
우연히 바실리와 소피를 만난다. 허름한 차림의 소피는 과연 신념

에 따라 바실리에게서 '신의 인간'의 모습, 스승의 모습을 발견하여 그의 뒤를 따르고 있었다. 화자는 소피를 이해할 수는 없지만 한편으로는 자기희생, 자기비하라는 목적을 향한 그녀의 실천에 감탄을 금치 못한다. 소피는 결국 가족에 의해 집으로 끌려가지만 얼마 지나지 않아 숨을 거둔다.

「이상한 이야기」에서 여주인공 소피는 자기희생이라는 독특한 믿음을 가지고 있다. 이러한 소피의 믿음은 자기 자신을 부인하고 신을 경외한다는 측면에서 종교적 관념과 부합하는 개념이다. 하지만 전통적인 종교적 믿음이 신에 대한 경건을 지향한다면 소피는 신에 대한 믿음보다는 인간에 대한 의무, '자기희생'과 '자기비하'를 강조한다. 말과 행동의 일치를 주장하는 소피는 결국 자신의 신념을 실행에 옮기기 위해 집을 나와 순례자를 쫓아다니며 그를 돕는다.

1860년대 말, 당시 투르게네프는 '새로운 여성 계층'의 특징으로 무엇보다도 '정직함, 자긍심, 근면함' 등을 꼽았는데 바로 소피에게서 볼 수 있는 특징이다. 여주인공 소피는 물론 당시의 진보적인 러시아 여성을 대표하는 인물은 아니지만 인간을 위해 자기를 희생하려는 정신, 모든 인연을 끊을 수 있는 결단력, 신념을 행동으로 옮기는 실천력 등은 투르게네프 후기 창작에 등장하는 적극적인 여성 형상 속에서 발견할 수 있는 특징들이다.

마지막으로, 이 책을 번역하면서 역자는 번역이라는 작업으로 인해 투르게네프의 아름다운 언어와 절제된 문체가 돋보이지 못할까 하는 안타까움과 염려스러움을 감출 수 없음을 밝혀둔다.

옮긴이 김영란

투르게네프 연보

1818년 러시아 오룔 현 스파스코예에서 부유한 귀족의 아들로 출생.

1833년 모스크바대학 어문학과 입학.

1834년 페테르부르크대학 철학부로 옮김. 그해에 부친 사망.

1836년 페트르부르크대학 졸업.

1838년 독일 유학.

1841년 독일 유학을 마치고 러시아로 귀국.

1842년 어머니의 농노인 이바노바와의 사이에서 딸 출생.

1843년 벨린스키와 교우. 서사시 「파라샤」 발표. 프랑스 오페라 가수 폴리나 비아르 도(1821-1910)와 만남.

1847년 잡지 《동시대인》에 「사냥꾼의 수기」 연작 중 첫 작품 「호리와 칼리느이치」 발표.

1848년   파리 혁명. 게르첸과 친교.

1852년   고골의 사망에 부친 추도문이 문제가 되어 가택 연금. 「사냥꾼의 수기」 출간.
          「세 번의 만남」 발표.

1856년   『루진』 발표. 「파우스트」 발표.

1859년   『귀족의 보금자리』 발표.

1860년   '햄릿과 돈키호테' 강연. 『전날 밤』 「첫사랑」 발표.

1861년   러시아 농노제 폐지.

1862년   『아버지와 아들』 발표.

1867년   『연기』 발표.

1870년   「이상한 이야기」 발표.

1877년   『처녀지』 발표.

1882년   「산문시」 발표.

1883년   프랑스 파리 교외에서 암으로 사망한 뒤 유언에 따라 페테르부르크의 벨린
          스키 무덤 옆에 묻힘.